I0563906

Gerhard Brugmann
Durchlebte Wende im Osten
Erlebnisse, Beobachtungen und Einschätzungen
eines Westdeutschen in der ehemaligen DDR

Gerhard Brugmann

Durchlebte Wende im Osten

Erlebnisse, Beobachtungen und
Einschätzungen eines
Westdeutschen in der ehemaligen
DDR

1996
2018

Schlagworte

Wende, Osten, Ostdeutschland, DDR, Wiedervereinigung,
Systemwechsel, Abwicklung, Berichte, Beobachtungen,
Einschätzungen, Stasi, Informeller Mitarbeiter
Staatssicherheit (IM), Westgruppe der Truppen (WGT),
Staatsnotstand, Kita, Nationale Volksarmee (NVA)

Impressum

Erstausgabe „Durchlebte Wende"
© Gerhard Brugmann, Westermoor, 1996
Durchgesehene Neuausgabe „Durchlebte Wende im Osten"
© Gerhard Brugmann, Westermoor, Dezember 2018

Titel- und Umschlaggestaltung Pierre Kynast

Zweite, durchgesehene Neuausgabe © pkp Verlag, Pierre
Kynast, Merseburg, Dezember 2018 – Internet:
http://www.pkp-verlag.de – Herstellung und Vertrieb:
Books on Demand GmbH, Norderstedt – Paperback: ISBN
978-3-943519-39-6 – E-Book: ISBN 978-3-943519-40-2

Inhalt

Vorwort
1996

Warum ich dies niedergeschrieben habe? Weil es mir half, drei Jahre meines Lebens, die ich zu den bedeutsamsten zähle, zu verarbeiten. Warum ich es veröffentliche? Weil man mir dazu geraten hat; man müsse Anstoß geben, sich zu erinnern, wie es damals anfing, und dies Erinnern tue not.

Das Erinnern tut not, weil viele im Westen unseres Vaterlandes damals nicht wußten, wie es im Osten aussah, und es heute erst recht nicht wissen. Erinnern tut not, weil nur ein Verstehen der Wendejahre ein Zusammenwachsen Deutschlands möglich macht.

Ich habe keine Begebenheiten festgehalten, die belanglos waren. Sie alle sind kennzeichnend. Ich habe Tatsachen festgehalten, und ich habe aus meinem Blickwinkel gewertet. Mancher wird mir das verübeln. Das macht nichts. Wenn er nur angeregt wird, sich zu erinnern. Wenn er keine Erinnerung hat, weil die Wiedervereinigung spurlos an ihm vorbeiging – vielleicht denkt er nach.

1989
Flüchtlinge

Es ist Freitagnachmittag, einer der raren Freitagnach-
mittage, die in ein ausnahmsweise ruhiges Wochenende münden könnten. Da kommt der Freitag-
nachmittag-kurz-vor-Dienstschluß-Anruf von der
Hardthöhe: „Das Innenministerium weiß nicht mehr
wohin mit den Flüchtlingen. Übernehmen Sie."

Am Montag waren in Süddeutschland in 35 Kasernen Flüchtlingslager in vollem Betrieb. Im Laufe
der Woche wurden es um die 50. Nichts daran war
überraschend, nicht die Schnelligkeit, mit der die Lager eingerichtet wurden, und nicht die Hilfsbereit-
schaft der Soldaten im Platzmachen und Sich-
Kümmern.

Ich nehme einen Hubschrauber und bin unterwegs. Mit tausend Geheimhaltungsverpflichtungen
belastet, darf ich noch nicht in die DDR. Aber ich
kann zu meinen Flüchtlingen, und ich bin jede Minute
unterwegs, obwohl es nun wirklich keiner Dienstauf-
sicht bedarf. Kaum ist bisher irgend etwas so von
selbst gelaufen wie dieses Unternehmen. Doch hier

und da Hilfestellung geben, den kürzeren Draht nutzen, das ist denn doch willkommen.

Was ich vorrangig will, ist, diese Menschen, die es geschafft haben rüberzukommen, sehen, sprechen, verstehen lernen.

Der erste Schub sind vornehmlich junge Menschen, kaum einer über 40, die, die man im Fernsehen gesehen hat, in den Botschaften in Budapest, Prag und Warschau. Sehr viele junge Familien. Sie sind einzigartig. Menschen, die man in die Wüste setzen könnte und dabei sicher wäre, daß dort in 10 Jahren blühende Gemeinden stünden. Schrott kommt vereinzelt später mit. Ein paar Gauner und Männer, die von ihren Familien weglaufen.

Es ist nicht leicht, Gespräche zu führen. Aber das will ich. Ich will sie kennenlernen, meine Gäste. Ich habe meinen Kampfanzug angezogen, um sie nicht durch das Lametta zu verschrecken. Meine Dienstgradabzeichen kennt kaum einer. Es ist für sie so schon schwer genug zu begreifen, daß sie in eine Kaserne dürfen und daß es Soldaten sind, die sie willkommen heißen und sich um sie kümmern.

Mittags gehe ich in den Speisesaal, um mit ihnen Essen zu fassen. Beim Essen kommt man am leichtesten ins Gespräch. Ich stelle mich an. Die in der Schlange vor mir stehen, drehen sich zur Seite, um mich vorzulassen. Ich tue so, als wenn ich ihre Absicht nicht bemerkte, und spreche den Wartenden hinter mir an. Nichts geht weiter, alles kommt aus dem Tritt. Ich solle vorgehen. „Warum denn?" – „Sie sind doch Soldat!" – „Das weiß ich, aber ich bin doch noch nicht dran!"

Vielleicht hätte ich vorgehen sollen, dann wären die Leute nicht so verschreckt gewesen. Aber es hilft ja nichts. Sie müssen lernen, was bei uns anders ist, auch wenn's manchmal schwerfällt.

Wenig später treffe ich auf dem Kasernenflur einen Hauptfeldwebel, der ein junges Mädchen verabschiedet. Ob sie alles hätte, die Marschverpflegung und das Begrüßungsgeld und die Fahrkarte zur Tante in Wiesbaden und wann denn der Zug ginge. Ja, das hätte sie. Und der Zug ginge in einer Stunde. „Dann gehst du jetzt runter zum UvD und sagst ihm, er soll dir einen Wagen geben, der dich zum Bahnhof fährt. Wo der UvD ist, weißt du ja." Sie versteht erst wirklich „Bahnhof" und kann es nicht fassen, daß ein Soldatenauto sie zur Bahn fahren soll. Schließlich geht sie wie im Traum.

Verträumt sind auch die Kinder, denen ich begegne. Und so artig! Die Verlegenheit der Eltern überträgt sich auf sie. Wenn sie spielen und unter sich sind, sind sie freier. Aber man merkt auch dann, daß sie gut erzogen sind. Wehmütig schaue ich ihnen nach und frage mich, wie lange diese gute Erziehung im Westen wohl anhält.

Wenn ich Gespräche führe, tue ich das nicht unter 20 Minuten. Kürzere Gespräche sind gefährlich. Man bleibt im Ritual hängen oder mißversteht sich. Dann besser kein Gespräch. Was ich zum Schluß immer wissen will ist, warum sie nicht drüben blieben, um beim Wiederaufbau zu helfen. Schon in 5 Jahren müßte doch alles besser sein. Was mich beeindruckt, ist die Entschiedenheit, die mir entgegentritt, fast wie ein Schrei, und daß sie alle das Gleiche sagen, mit unterschiedlichen Worten, aber alle das Gleiche: Ich bin jung, ich will jetzt leben! Nicht erst in 5 Jahren!

So muß die Stimmung auf der Mayflower gewesen sein. People who build a country.

1990
NVA

Es ist September 1990. Nur noch wenige Tage bis zur Wiedervereinigung und zu der Übergabe an die Bundeswehr. Wir sitzen im Gästehaus des Ministeriums in Straußberg mit zwei NVA-Generalen. Sie wollen mir morgen die Befehlszentrale der NVA zeigen. Heute abend könnten wir in die Sauna gehen. Ich lehne ab.

Mich interessieren die Menschen in diesem Ministerium und wie sie sich gebärden am Ende ihrer Zeit als Soldaten des Sozialismus. In der Sauna könnte ich sie mir betrachten, nackt bis in die Seele. Aber so eng sind wir nicht miteinander.

Am nächsten Morgen gehe ich durch den Stab. Sie bewegen sich wie in Trance, wie Geschlagene, die sie sind, nicht wie Befreite. Das erwartet auch niemand. Es begehrt in ihnen auf. Wie konnte das passieren? Sie sind überzeugt von dem Können ihrer Armee. Sie meinen – und sagen es nachdrücklich –, die Besten gewesen zu sein im Ostblock, eindeutig besser als die Rote Armee. Erst später wird mir klar, wie wenig es heißt, besser als die Rote Armee zu sein, als wir feststellen müssen, wie unselbständig die Offiziere sind, wie sehr auf Kadavergehorsam getrimmt, und wie gering ihr Können im Dienstgradvergleich mit dem Westen ist. Für uns alle ist das menschlich eine Enttäuschung.

Keiner von uns begegnet ihnen in Siegerpose. Man demütigt den Verlierer nicht. Respekt ist angezeigt, auch wo man lieber den Kopf schütteln möchte. Oft aber auch ist er verdient. Ganz sicher erheischt ihn zu Recht der Chef des Stabes der NVA. Er ist jung und hochbegabt. Höflich, fast kameradschaftlich bei aller Distanz, tief im Schock, aber mit dem brennenden Wunsch, alles in gutem Zustand zu übergeben, damit wir würdigen können, welche Arbeit, wie viel Einsatz in dieser sich auf-lösenden Armee steckt. Er arbeitet korrekt und fair mit uns zusammen. Tragik und Schwermut liegen in der Luft.

Was war diese Armee wert? Sicher war sie in manchem besser als die Rote Armee, von der sie lernen sollte. Gut ausgerüstet, brauchbar geführt und mit Mannschaften, die anders als in der Roten Armee mitdenken durften. Aber war sie auch so hart und opferbereit wie die rote Bruderarmee? Kaum. Wofür auch.

Sie kommt sich soldatisch vor mit ihrem sozialistisch gefärbten Berufsethos, und sie war es sicherlich. Man wußte, wo es „langging", wer der Feind war, wurde gedrillt und schob Bereitschaft bis zum Erbrechen und fast bis zum letzten Tag. Denn hinter der Mauer lauerte ja der imperialistische Aggressor.

Hätte man geschossen? Die Offiziere lassen keinen Zweifel, daß sie auf die Bundeswehr hätten schießen lassen. Hätten auch die Mannschaften geschossen? Da sind denn doch erhebliche Zweifel angebracht.

Unbegreiflich ist ihnen die Bundeswehr. Daß sie die Reste der NVA kameradschaftlich aufnimmt, macht die Bundeswehr nur suspekt. Heilsarmee nennen sie sie mit ihrem so sanften Getue.

Aber die NVA ist kein gesellschaftlicher Monolith. Groß ist die Kluft zwischen Offizieren und Mannschaften, zwischen oben und unten, auch im Offizierkorps. Im Führungszentrum, das man mir zeigt, bitte ich den diensthabenden Oberst, sich während des Gesprächs zu setzen. Er bringt es nicht fertig, und der anwesende NVA-General würde das als Anmaßung empfinden.

Privilegierte, Wenigerprivilegierte und Nichtprivilegierte. Auch hier regiert dies teuflische System der seelischen Korrumpierung, das im Mangelstaat so gut funktioniert. Es ist das Rückgrat des Sozialismus. Wie sagt einer? Sozialismus sei moderner Feudalismus. Ich finde viele Beispiele.

1990

3. Oktober

Eigentlich wollten wir schon am 2. nach Berlin fahren, um dabeizusein. Ich landete ziemlich zerschlagen aus Polen kommend mittags in Frankfurt am Main. Dietlinde war erkältet und auch nicht aufgelegt. So schliefen wir noch eine Nacht zu Hause und starteten von Heidelberg frühmorgens am 3.

Sonniger Herbst und goldener Oktober. Es ist warm, und die Straße ist trocken. Keine Staus. Ein beschwingtes Fahren. Wir hören im Radio die Reden im Reichstag. Gute Reden, die Feiertagsstimmung verbreiten. Die Einmütigkeit wirkt ansteckend. Irgendwie teilt sie sich der Landschaft mit. Kein Zaun, keine Mauer, kein „Fulda-Gap" hier und keine Zielpunkte drüben. Ein Land.

Landschaften, die zu denen sprechen, die ihnen zuhören. Mir fallen die trivialen und doch so gemütvollen Bezeichnungen ein, vom Tal, das still ist, von der Waldesstille, vom Wald, der tief ist, dem Bach, der erzählt, von der Sonne, die lacht, auch vom beißenden Frost. Ich atme Frieden. Das Land spricht zu mir, und das Hessische Bergland geht wieder in den Thüringer

Wald über, das Grabfeld liegt wieder bei Meiningen, Hof liegt bei Plauen und der Harz wird eins. Ich bin eingestimmt.

Bei Werder auf der alten B1 Aachen-Königsberg fahren wir ab, um Quartier zu suchen, denn heute wird man in Berlin kaum ein freies Bett finden. Wir suchen uns auf der Karte das kleinste Dorf im Umkreis. Das scheint Petzow zu sein. Wir fragen beim ersten Haus an. Der Mann im Garten weist uns zum Schloß.

Das Schloß Petzow steht noch. Vielleicht weil es ein Bauer war, der es erbaute. Als er reich wurde, sagt man, wollte er es dem Adel gleichtun. Doch das kann nicht sein, denn er hatte durch seinen Fleiß mehr als hundert Hektar zusammengetragen und damit war er ja ein Verbrecher. Auch das Bundesverfassungsgericht sollte ihm das später noch eindrucksvoll bestätigen. So steht das Schloß vielleicht nur deshalb noch, weil Fontane es besang. Fontane durfte auch im Sozialismus groß und bronzen über den Schwielow wachen.

Wie auch immer, das Schloß war Internatsschule des Gaststättengewerbes gewesen, und die Leiterin weist uns ein Zimmer an, nicht ohne daß wir es vorher begutachten würden. Einige Wessis, Deutsche und Holländer, hätten schon empört auf dem Absatz kehrtgemacht. Wir sind selig, rasch eine Unterkunft gefunden zu haben. Einfach aber sauber ist das Zimmer, und später schlafen wir herrlich. Was macht es da, daß ich nächtens mit der schlappen Seegrasmatratze kämpfe, der dreigeteilten, und morgens feststelle, daß ich mich mit ihr zugedeckt habe.

Wir fahren zum Reichstag und schlendern Unter den Linden zum Schloßplatz. Überall Menschen, die miteinander sprechen. Fremde, die sich zunicken, sich grüßen, berühren, als kennen sie einander schon lange. Heute sind sie keine Fremden.

Sagte ich, ich schlenderte? Ich bin nicht geschlendert. Nur einmal im Leben zuvor bin ich geschwebt. Wir gehen Hand in Hand.

Im Jahr danach übernachte ich wieder in Petzow. Die Leiterin des – jetzt – Hotels verkündet mir lachend und mit Tränen in den Augen: „Heute ist uns allen gekündigt worden. Aber wir werden es schaffen!"

1990
Rast-, Gast- und Schlafstätten

In der Zeitung stand, daß es in der DDR 600 Hotels gäbe. Ich rechne nach und komme bei 16 Millionen Einwohnern auf ein Hotel pro 26 bis 27000 Bürger. Aber was soll die Rechnerei, es ist klar, daß das Hotelnetz zu weitmaschig ist, die Hotels voll sind und bei den bekannten Preisen sowieso nicht zu bezahlen. Mit meinem Schlafsack im Kofferraum fühle ich mich sicher.

Auf dem Weg nach Plauen zwei Schilder, die auf Zimmer hinweisen. Ich hätte die Schilder, die mehr Zettel als Schilder sind, glatt übersehen, wenn sie nicht weit und breit die einzige Reklame gewesen wären. Ich frage mich durch. Auch die zweite Vermietung ist belegt. Wir diskutieren ausführlich, ob ich auf dem Wohnzimmersofa schlafen soll. Das ist verteufelt kurz. Aber vielleicht hat die Mutter noch Platz. Wir fahren durch den Wald. Die Hausfrau planscht mit ihrem Wartburg vorneweg durch die Pfützen. Ich lande in einem Zwanzigseelendorf. Meine Wirtsleute sind mein Jahrgang. Wir reden die halbe Nacht und den halben Sonntag.

Seitdem bin ich nie um eine Übernachtung verlegen. Kein Dorf läßt mich im Stich. Ich bin der DDR dankbar für ihr Hotelsystem, das mich dorthin geführt hat, von wo einen fortzuhalten es konzipiert war. Es hat mich zu den Menschen geführt. Zu ihrem Innersten war der Weg zwar manchmal lang und oft waren die Nächte kurz. Aber ich habe den Ossi erlebt, unvorbereitet und darum offener. Und dem Obdachsuchenden, dem fremden, reichen und so anderen Wessi gegenüber konnte er der Helfende sein. Immer hat das den Anfang erleichtert. Ich weiß nicht, ob ich je gelernt hätte, die Menschen dort drüben zu verstehen, wären nicht diese spontanen Gespräche gewesen.

Du kannst machen, was du willst. Als Wessi wirst du auf 100 Meter erkannt. Nicht jedesmal am Auto, das du ja auch nicht immer bei dir hast, oder der Art zu sprechen, denn du redest ja nicht, wenn du alleine auf der Straße gehst, und nicht unbedingt an der Kleidung. Ich schon gar nicht. Aber wie du gehst, stehst, schaust. Der Wessi ist unverkennbar. Du kannst dich nicht einschleichen in das Gespräch. Ich habe es auch nicht versucht, auch nicht auf Berlinerisch, und meines ist bestimmt waschecht, wenn ich will. Warum sie mir gegenüber manchmal aufgeschlossener waren als gegenüber manch anderem, ich weiß es nicht. Vielleicht war es nur, daß ich mich so gefreut habe für sie und auch für mich.

Gerne habe ich in der Gaststätte das Gespräch gesucht. Ich, der sich noch nie von sich aus mit

Fremden an einen Tisch gesetzt hat. Aber auch hier hat mir die DDR geholfen. Draußen anstehen und warten, bis die Bedienung dich an einen Tisch setzt. Und während ich mir das Bratkartoffelfett, das so überreichlich fließt, vom Kinn wische oder versuche, die Suppe unter der fingerdicken Fettschicht der Soljanka hervorzulöffeln, höre ich mir an, was meine Tischnachbarn von der Zukunft erwarten.

Aber nicht immer kann ich sprechen, mit wem ich will. Eben sind meine fünf Tischgenossen aufgestanden, und es kommt eine nette Familie, auf die ich mich freue. Sie sind sechs. Da befiehlt mir der Kellner, ich soll Teller und Besteck nehmen und an einen anderen Tisch wechseln, wo noch ein Platz frei sei. Zu allem Überfluß sitze ich nun mit drei Wessis zusammen, die herübergefahren sind, wie man in einen Zoo fährt. –

West-Ost- und Ost-West-Gespräche führen, das ist die Forderung der Stunde. So viel ist nachzufragen, ist abzugleichen, auszutauschen, ist zu erklären und nachzuholen! Aber es ist ja nicht nur das, daß der Ossi mit dem Wessi spricht, wichtiger noch ist das neuartige Gespräch untereinander.

Es hat eine Weile gedauert, bis ich verstanden habe, warum mit der Wende so viele Imbißstuben und -buden aus dem Boden schießen. Es ist so schön befreiend, seiner Neugier ungestraft nachgehen zu können, an der Ecke mit jedem X-beliebigen zu sprechen, ohne sich fragen zu müssen, wer ist das und was kommt danach. Man kommuniziert wieder außerhalb des sicheren Freundeskreises, wenn auch erst vorsichtig und zum Wiederangewöhnen, sofern man zu den Älteren gehört, oder zum Lernen, wenn man es nie gekannt hat.

1990
Häuser

Das also ist die Lübsche Straße. Beim näheren Hinsehen tauchen an jedem Haus aus dem Grau der Fassaden die blauweißen Schilder des Denkmalschutzes auf. Nein, das ist kein Grau, es ist schwärzlicher Schmutz, fingerdick, die ganze Front. Nur wenige Häuser sind bewohnt.

Halberstadt ist nicht viel besser. Aber wenigstens kann man atmen, weil die Straßen weiter sind als in Wismar. Wenn man auf leeren Plätzen steht, beengt der Verfall nicht so.

Der kleine Junge paßt dazu. Er bettelt so artig. Eigentlich bettelt er nicht. Er möchte nur so gerne etwas haben, etwas aus dem Westen, einen Kuli oder einen Kaubonbon. Ja, er war schon drüben. In welcher Stadt er war, in Hamburg oder Hannover? Nein, Hannover hieß sie nicht, die Stadt hieß Neckermann.

Leipzig sieht besser aus. Der Bahnhof ist immer noch der schönste der Welt. Die Uni ist nicht schön, aber imposant, und in der Goethestraße, wo die Großmutter wohnte, steht anstelle des alten Hauses, das eine Bombe wegputzte, ein manierliches Studentenheim, Stein auf Stein. Schade, daß ich mich nun verfahre. Jetzt starren mich ganze Straßen verfallener Gebäude aus der Prunkzeit der Gründerjahre an, leer bis in den fünften Stock. Fenster zerschlagen. Ratten grinsen. Es stinkt.

In der kleinen Provinzstadt stinkt es auch, aber nach Rauch und Braunkohle, gar nicht nach Zerfall. Grau sind auch hier die Fronten, auch hier gibt es leere Gebäude, doch nicht viele. Am Winterabend ist zwar kein Fenster erleuchtet, aber alle Laternen brennen, wenn auch trübe in den verödeten Straßen über hochgeklappten Bürgersteigen. Am Tage kleidet sich das Gemäuer mit einem Hauch von Leben. Es ist eine Nuance ansehnlicher als anderswo. Es scheint doch pflegende Hände zu geben. Man erklärt mir den Unterschied. Diese Häuser sind in Privatbesitz geblieben.

Inzwischen habe ich auch begriffen, daß die schmucken neuen Häuschen, auf die ich hier und da treffe, keineswegs einem Funktionär gehören müssen. Es hat Jahre gedauert, sie zu bauen. Wenn um 16 Uhr der Feierabend begann, wurden die Verbindungen gepflegt, das Rückgrat des Tauschhandels, und Freunde kamen, um zu helfen. Wolfgang, der Mechaniker, hat 19 Jahre gebraucht, sein Haus zu bauen, aber er hat es gebaut.

Ich habe rasch gelernt, nicht vom Äußeren aufs Innere zu schließen. Hinter der verfallenden Fassade volkseigener Blöcke findet sich auch nach 45 Jahren Sozialismus Ordnung und Sauberkeit, wenn auch ärmlich, in billigen Möbeln und alles gestückelt. Doch leider nicht immer. Russische Schlamperei hat Scharten geschlagen in deutsche Kultur. Immer wieder komme ich in Wohnungen, die keine sind. Die Naßräume der NVA und der Stasi starren vor Dreck. Vor der Bahnhofslatrine in Potsdam verabrede ich mich mit einem Mitreisenden, abwechselnd auf unsere Koffer aufzupassen. Ihre Stollen sind nicht hoch genug.

1991
Natur und Landschaft

Dieses Jahr bin ich schon 60 000 Kilometer durch die ehemalige DDR gefahren, einen halben Winter, einen Sommer, den Frühling und den Herbst. Ich habe die Schönheit dieses „Territoriums" wiedergesehen und ich habe die Qual empfunden, die der Anblick seiner geschundenen Natur bereitet. Mondlandschaften, wo Dörfer, wo Felder und wo Wälder waren. Tote, stinkende Gewässer, Sandsturm auf trostlos weiten Feldern, wenn die alte Mark, die Streusandbüchse, unterwegs ist. Die Wüsten der Truppenübungsplätze, südlich Berlin allein 400 Quadratkilometer. Die schwere Luft der Fäkalien schon lang bevor die Rinderoffenställe ins Blickfeld kommen. In den Orten der beißende Geruch und die schwarzen Schwaden des Hausbrands, wertlose, billige Braunkohle, Blumenerde genannt, die die Lunge lähmt und die Augen rötet. Dabei habe ich doch gerade neun Lungen voll Öl hinter dem Wartburg genommen. Abfall in den Wäldern; gut, daß ich sie nicht von oben sehe. Blasse, picklige Gesichter in Bitterfeld – auch das ist ein Stück zerstörter Natur.

Wo ist die alte Landschaft geblieben? Ich muß sie suchen. Zerfallene Kirchen. Geschleifte Schlösser und Gutshäuser, nur noch ein Stück Dschungel im alten Park. Dafür Silos und die langgestreckten Baracken der Produktionsgenossenschaften, und jedem Dorf seinen dreistöckigen Plattenbau. Ich muß über die Oder fahren, um wieder alte deutsche Landschaft zu sehen, wenn auch noch ärmlicher alles und oft verlassen.

Und doch! Die Wende kam noch rechtzeitig. Noch ist längst nicht alles zerstört. Pommerns Ostseestrand, die Hügel und das Wasser Mecklenburgs, Wälder und Seen Brandenburgs, das Thüringer Land oder die Flußtäler Sachsens und das Elbsandsteingebirge – noch lebt die Landschaft.

Ich freue mich an der Natur, und ich bin selig. Kaum einer versteht mich. Und ich muß lernen zu verstehen, daß auch Berg und Tal, der tiefe Wald und die weite Ebene zum Gefängnis werden, wenn man selbst mit dem Trabbi und auf löcherigen Straßen nur einen Tag braucht, um von einem Zaun zum anderen zu fahren.

1991
Stasi

Geheimpolizei und Vollstreckungsorgan der Partei, Justiz im Parteiauftrag und aus eigenem Recht, Kampftruppe zur Unterdrückung des Volkes, Spitzelapparat, Meinungsmacher, Folterwerkstatt, Schlägertruppe in einem. Die Geißel des Volkes.

In ihr reüssierte der Primitive. Die aber der Organisation vorstanden, waren nicht die Dummen. Sie war das Sammelbecken der eiskalten, perfekt funktionierenden, machtbesessenen Intelligenz, wie sie ein Stalin, ein Hitler, ein Saddam braucht. Sie hätten in jeder Tyrannis Erfolg gehabt. Vom hirnlosen Quälgeist über den geschliffenen Meinungsmacher bis zum KZ-Arzt und Berufsmörder war in dieser Maschinerie jeder gefragt, dem die Unterdrückung anderer nichts bedeutete oder Freude machte.

Es ist ihr gelungen, das Volk am Boden zu halten. Nicht gelungen ist es ihr, das Volk willfährig zu machen oder gar zu überzeugen. Ihr Erfolg führte nur bis zu der Einsicht, daß es keinen Zweck hatte, sich aufzulehnen.

An der Stasi schieden sich die Geister. Zu recht ist das Verhältnis zu ihr die Meßlatte schlechthin geworden. Was niedrig und gemein im Volke war, hat in ihr ein Betätigungsfeld gefunden. Und so fällt es schwer, ihre Mitglieder, Anhänger und Mitläufer wieder in die Gesellschaft einzugliedern.

Die Wunden, die sie getreten und geschlagen haben, sind zu tief, als daß der gequälte Bürger verzeihen kann. Dem Stasi-Menschen bleibt nur der Weg der Reue und der persönlichen Wiedergutmachung, so weit er kann, will er wieder Mitglied der Gemeinschaft werden.

1991
Inoffizieller Mitarbeiter
Staatssicherheit

Aus einer Stasi-Akte: Der IMS wurde am 03.03.1960 angeworben. Seit seiner Übernahme durch die hiesige Kreisdirektion wurde ständig versucht, mit dem IM eine kontinuierliche Arbeit zu erreichen, was aber nicht gelang. Obwohl der IM objektiv gute Möglichkeiten besitzt, uns konkret in der Arbeit zu unterstützen, versuchte er sich laufend durch fadenscheinige Ausreden einer konkreten Arbeit zu entziehen.

So ist er zum Beispiel nicht zu bewegen, konkret über Personen zu berichten. Er lehnt es auch ab, über uns interessierende Personen, mit denen er verkehrt, Informationen zu geben bzw. versucht, derartigen Aufgabenstellungen auszuweichen. Ein konkreter operativer Nutzen wurde in der Zusammenarbeit nicht erzielt.

Da der IM für uns keine Perspektive hat, sondern eher eine Belastung darstellt und in der Zusammenarbeit kein Nutzen zu verzeichnen ist, wird vorgeschlagen, die Verbindung zu ihm abzubrechen und die Akten zu archivieren.

Wenn man die ganze Akte liest, muß man respektvoll sagen, das ist ein Fuchs. Er war der Stasi über. Sicher hat er auch ein bißchen Glück gehabt mit seinem „Führungsoffizier", bestimmt auch damit, daß dieser „Führungsoffizier" 1973 verstarb. Dessen Nachfolger wollte wohl die gute Gelegenheit wahrnehmen, um diesen Stinkstiefel aus dem Bestand zu entlassen. Sehr menschlich.

Wie war dieser Fuchs eigentlich in die Falle gegangen? Nun, das war ganz einfach: Zwei Glas Sekt. Werter Herr, Sie können doch nicht ablehnen, wenn der Genosse Offizier ihnen zuprostet! Hundert Meter weiter aufgelauert, aus dem Auto gezerrt, Alkoholtest, Dunkelkammer.

Es ist aber nicht nur List und Glück gewesen. Eine erhebliche Portion Mut hat auch dazugehört, auch seine Sturheit, sein ausgeprägtes Mißtrauen und ein bißchen Gottvertrauen. Vierzehn Jahre Druck aushalten und dabei eine reine Weste bewahren, das ist sicher nicht leicht. Es zeigt aber auch, daß es Möglichkeiten gab zu widerstehen. Bestimmt waren diese Möglichkeiten unterschiedlich, aber es gab sie.

1991
Männer

Der DDR-Mann macht eine beklagenswerte Figur. Er fühlt sich als Versager. Tragik liegt über ihm und seiner Welt. Seine Rolle begann nach dem verlorenen Krieg. Im Namen Stalins wurden ein paar zehntausend SBZ-Bewohner als Nazis liquidiert, gleichgültig ob sie schuldig oder nicht schuldig waren. Damit wurde dem Reinigungsbedürfnis Genüge getan. Man amnestierte die große Masse und baute mit den Verführten und Geschlagenen von Gestern das neue System einer Zwangsherrschaft auf.

Keiner, der nicht vernichtet werden wollte, vermochte sich dagegen zu wehren. Womit auch? Die Sowjetarmee war allgegenwärtig, die kommunistischen Führungskader waren für ihren Zweck glänzend ausgebildet, und so wurde man gelenkt, geknechtet und schließlich geformt mit jedem Schritt, den man tun mußte, um sich und den Seinen zunächst einmal das tägliche Leben und mit zunehmender Verbesserung der Umstände ein Leben in möglichster Würde zu erkämpfen.

Das Schmerzvolle dieses Anfangs hat sich über zwei Generationen erhalten. Bis zur Wende hieß es: „Von der Sowjetunion lernen heißt Siegen lernen." So hatte der DDR-Mann unter der Knute einer brutalen Besatzung, die keinen Grund sah, mit der Bevölkerung der DDR anders umzugehen als mit ihren eigenen Leuten, ein System errichtet, in dem Befehl und Gehorsam in primitivster Form Kreativität und öffentliche Initiative töteten.

Der DDR-Mann war – ob er wollte oder nicht – Diener dieses Systems. Die meisten waren gedemütigtes Opfer und Rädchen, aber damit waren sie das System. Das hat den DDR-Mann in seinem Verhalten geprägt, nicht aber sein Sehnen, sein Streben und Wollen. Es hat ihn nicht gebrochen, er ist nicht untergegangen. Er hat es vermocht, in den inneren Widerstand zu gehen und diese Haltung an die nachfolgende Generation weiterzugeben, so eng auch die Grenzen dieses Widerstandes waren.

Nun steht er geblendet von der Wende in der Sonne von Freizügigkeit, Demokratie und Wettbewerb. Doch zum Reisen fehlt das Geld, die Regeln der Demokratie sind ihm fremd, Chancengleichheit ist für ihn nur ein Wort. Er spürt, daß er ein Deutscher zweiter Klasse ist, in aller Eile freudig begrüßt, aber doch nicht so wert des Schutzes von Gesetz und Recht und der Sorge einer passablen Verwaltung wie der Westdeutsche. Er muß sich in der Regel selber helfen. Er darf es auch – mit der D-Mark, mit der man ihn sich vom Halse hält, mit der Hilfe flüchtiger Berater und von allzuoft fragwürdigen Vertretern der Wirtschaft. Die Sonne der Freiheit bringt ihm Licht, aber keine Wärme.

Doch das Licht genügt ihm. Er geht den Weg der kleinen Schritte, denn sein Kreuz ist nicht gebrochen und nicht sein Stolz, war er doch, wie er es sieht, besser als seine östlichen Nachbarn in vielen Dingen, in der alltäglichen Organisation und ganz besonders in der Wirtschaft. Auch dem großen Sowjetbruder, dem Zwangs-Freund, fühlt er sich weit überlegen, und das nicht ganz ohne Grund. Er wird es schaffen, das weiß er.

1991
Familie

Wie schlau doch die Soziologen sind. Wie schnell sie die Einheitsfamilie erspäht haben und sie den Halb- und den noch weniger Interessierten im Westen präsentieren! Da lernt man dann, daß schon zwei Generationen staatlich erzogen wurden, von der Kita bis zur Uni, und folglich so ziemlich im realen Sozialismus aufgegangen seien. Für eine Reihe von Blättern, die vor der Wende Honecker wie 1935 ein Churchill einen Hitler als „Great Contemporary" feierten, ist das nicht unbedingt negativ. Man liest über die viel zu hohe Scheidungsrate, weil früh geheiratet wird, um eine Wohnung zu bekommen, und von der Bespitzelung bis ins Schlafzimmer.

Mir fallen zunächst andere Dinge auf, z.B. die große Zahl von Eltern, die erfolgreich ihre Kinder selber erzogen haben, der zäh geführte Kampf in den meisten Familien um Freiraum gegenüber dem Staat, und der Zusammenhalt in den Familien, der einen so hohen Stellenwert hat wie im Westen längst nicht mehr. Leicht erklärbar bei dem Druck von außen, der auch die Nachbarschaften hat eng zusammenwachsen lassen. Die Großfamilie „Nachbarschaft" jedoch scheint zu zerfallen, wo sich das gemeinsame Feindbild „Stasi" aufgelöst hat. Mehr und mehr fangen die Ellenbogen an zu arbeiten.

Umso mehr hält das Familienleben zusammen. An ihm nehmen die persönlichen Freunde teil, die, auf die sich der Umgang außerhalb der Familie reduziert hat, seit es auf einmal alles gibt und der Tauschhandel verblüht ist. Man kommt noch zusammen, um am Bau oder Umbau, beim Tapezieren und bei der Ernte im Garten zu helfen.

Zwei Dinge haben mich erstaunt, als ich nach drüben ging. Ich gebe zu, daß ich sie zumindest in dem Ausmaß nicht erwartet hatte. Sind sie auf das funktionierende Familienleben zurückzuführen? Ein starkes Selbstbewußtsein und das Überleben alter, typisch deutscher Tugenden wie Fleiß, Gewissenhaftigkeit oder Ordnungssinn. Das war nach 45 Jahren realsozialistischer Mißwirtschaft, überschattet von Korruption und Schlamperei des alles beherrschenden großen Bruders und unanfechtbaren Lehrmeisters, nicht gerade zu erwarten. Der äußere Eindruck, vom vergammelten Zustand der Häuser und Straßen, von den kniehoch verwachsenen Parks bis hin zur Arbeitsmoral personell übersetzter Brigaden ohne Arbeit, sprach doch sehr dagegen. Es gibt ja auch nicht ganz grundlos das Gerücht vom angeblich faulen Ossi, der nicht gelernt hätte zu arbeiten. Wie auch, wenn die Betriebe sich um die Rohstoffe streiten müssen?

Daß er die Arbeit sehr schnell entdeckt, daß, wenn schon nicht außen, so doch hinter der Wohnungstür des volkseigenen Wohnblocks Ordnung und Sauberkeit herrschen, daß der Ossi ein verläßlicher und gesuchter Partner ist, steckt in ihm drin. Das hat ihm kein Sozialismus und niemand nehmen können. Das hat ihm die Familie als letzte Bastion in der Brandung bewahrt.

1991
Frauen

Die DDR hat eine andere Frauenwelt geschaffen, völlig anders als die der Bundesrepublik. Eine Kluft ist entstanden. Der hohe Beschäftigungsgrad in der DDR belegt das auffällig. Wer fürs Alter vorsorgen wollte, mußte arbeiten, verheiratet oder nicht. So hat der Staat sie in die Zange genommen und die Mütter weggezogen von der Familie. Selbst als Frau und Mutter hatte die Frau in erster Linie dem Staat zu dienen. In der alle umfassenden Organisation der Werktätigen sollte sie aufgehoben sein, geformt, kontrolliert, wenn nötig diszipliniert werden.

Da sie dennoch für Mutterpflichten gebraucht wurde, wurde sie auf ihrem ureigensten Gebiet der Kindererziehung „entlastet": Kita, die Kinderkrippe, und Jugendorganisationen, Hilfen, die zu oft mehr Be- als Entlastung waren. „Gleichberechtigung" war der Vorwand.

Viele zweifeln sie an, die Gleichberechtigung der Frau in der DDR. Sicher zu recht. Das verteufelte System der Unterdrückung, in das sich der DDR-Bürger hineinbequemen mußte, konnte nur von Männern erdacht werden. Die männliche Fähigkeit zum Theoretisieren, zur Logik, zur Abstraktion und ihrer nüchternen Umsetzung hat nichts Weibliches. So hat dieses System seine männliche Note auch den Frauen aufgedrückt und sie dort, wo es ihnen den Fortschritt zur „Befreiung" von häuslichen Pflichten und der „Gleichberechtigung" im Arbeitsleben gewährt hat, nur noch tiefer in das System getaucht, dem Macho nur noch mehr ausgeliefert.

So ist sie oft überfordert und erscheint als graue Maus. Dennoch war sie nicht totzukriegen. Die Überforderung der doppelten Verantwortung hat sie auf sich genommen. Irgendwie wußte sie sich immer einzurichten. Sie ist früher gealtert. Sie ist früher gestorben als die Westfrau. Aber sie hat nicht aufgegeben. Sie war Hoffnungsträger. Sie muß es gewesen sein, denn anders wäre es nicht möglich, daß eine ganze Generation junger Frauen und Mädchen in die Wende gegangen ist, so als hätte sie diese erwartet, als wäre sie vorbereitet, und wie selbstverständlich, aufgeschlossen und mit erstaunlich geringeren Anpassungsschwierigkeiten als die Männerwelt.

Der Charme der ersten Monate, der Zeit, als die Gefühle bloßlagen, die Zeit, in der sie aus dem ungläubigen Staunen heraustraten, ist verflogen. Doch noch trägt die DDR-Frau etwas von diesem Charme, der mehr sagt als alle verbalen Bekundungen.

Sie haben sich geputzt in einer oft rührenden Weise. Wohl wissend, daß sie es den Frauen im Westen nicht gleichtun können. Aber darauf kommt es

nicht an. Sie haben die West-Frau in so vielem über-
troffen, an Mut, an Standhaftigkeit und öfter, als der
Anschein vermuten läßt, in der Pflicht, sich der Kinder anzunehmen, trotz Krippe, FDJ und Stasi.

Diese Frauenwelt, die eine andere ist als die des
Westens, wird sich nicht ganz umstellen. Sie hat es
auch nicht nötig, denn sie hat die zweifache Herausforderung bestanden. So wird sie das, was sie so un-
freiwillig wie mühsam errungen hat, behalten, ihre
Unabhängigkeit, die nicht nur Freiheit ist.

1991
Heim ins Sowjetreich

K. ist eigentlich ein gemütlicher Offizier. Er ist sozusagen eine Seele von Mensch. Dafür spricht auch seine kleine kugelige Wampe. Wir haben Glück mit ihm. Er ist russischer Standortkommandant und auch als solcher ein durchaus angenehmer Umgang.

Heute hat der Landrat ihn zitiert. Er hätte gehört, daß es auf dem sowjetischen Flugplatz eine Demonstration von dreihundert russischen Frauen gegeben habe, die angeblich nicht wollten, daß die Einheit, zu der ihre Männer gehörten, in die Sowjetunion verlegt würde. Als Landrat müsse er wissen, was in seinem Kreis vor sich ginge. Der Standortkommandant möge berichten.

So schlimm, sagt K., sei die Sache nicht. Es hätten auch nur etwa sechzig Frauen demonstriert. Die Ordnung sei wiederhergestellt. Man habe ihre Männer aus der Armee entlassen. Wenn ihre Frauen so etwas machten, wären die Männer selbstverständlich auch kriminell.

Der Landrat wird blaß. Sippenhaft. Das ist nichts Ungewöhnliches im Sowjetstaat. Ihm ist sehr klar, was das heißt, aus der sowjetischen Armee ausgestoßen zu werden. Wo die Männer jetzt wären, will er wissen. Die seien schon in der Sowjetunion. Und die Frauen? Wovon würden die leben? Oh, die Frauen, die könnten jetzt ihren Körper für zwanzig Mark verkaufen. (Als ein paar Wochen später die Polizei den Russenpuff ausräumt, räumt sie auch gleich die Waffenlager der Händler in den Hinterzimmern.)

Ich nehme am nächsten Tag eine Russin im Auto mit. Es ist üblich, zwischen der Stadt und der Kaserne Anhalter zu fahren. Für mich oft eine willkommene Gelegenheit, etwas aus erster Hand zu erfahren. Ich habe Glück, die Russin spricht gut Deutsch.

Was ich diesmal höre, ist folgendes: Ihnen sei gesagt worden, die Einheit würde nach Semipalatinsk verlegt werden. Dort könne man nicht leben. Schon gar nicht die Kinder. Die Frau beschreibt mit bewegenden Worten die Verstrahlung und deren Folgen und die Gesundheitsprobleme der Menschen dort. Sie scheint gut informiert zu sein. Die Frauen hätten drei Tage und zwei Nächte die Rollbahn blockiert. Dann sei ein General aus Moskau gekommen. (Ich vermute, Moskau lag diesmal in Wünsdorf.) Er hätte gesagt, die Einheit würde nicht nach Semipalatinsk verlegt. Zwei Tage später sei ihnen dann gesagt worden, sie müßten doch nach S.

Die Frau sagt, sie würde nicht mitgehen, um keinen Preis, sie hätte zwei Kinder. Was sie machen würde, will ich wissen. Sei sie allein? Sie sei geschieden. (Natürlich.) Warum? Er sei ein Säufer. (Natürlich. Wie kann ich nur so blöde fragen.) Um hierbleiben zu können, würde sie sich einen deutschen Mann suchen. (Sie ist nicht die erste, von der ich höre, sie würde einen deutschen Mann suchen.)

In ihren Augen steht Sterbensangst. Ich hatte lange nicht mehr in solche Augen geblickt.

Wir sind im Lager. Ich wünsche ihr alles Gute. Mir ist schlecht.

1991
Die Westgruppe der Truppen (WGT)

Die Offiziere der auf Sieg getrimmten Besatzung haben die Wiedervereinigung fassungslos über sich erge-
hen lassen. Bis an die Zähne bewaffnet, hat die WGT
sich im wörtlichen Sinn in ihren Kasernen verschanzt
und nur langsam, zuerst ungläubig, dann wieder mehr
und mehr in alter Manier hervorgewagt. Vorsichtig hat
sie alte Vorrechte wieder in Anspruch genommen,
soweit man ihr nicht auf die Finger klopft.

Niedergeschlagenheit folgt dem ersten Schock
und das brennende Gefühl, nicht nur den Kalten
Krieg, sondern mit der Aufgabe der vorgeschobenen
Bastion Deutschland im nachhinein auch den zweiten
Weltkrieg verloren zu haben.

Viele hat das bitter gemacht, alle gedemütigt. Zu-
dem sehen sie sich der Verachtung und dem unver-
hohlenen Haß der von ihnen jahrzehntelang Gepei-
nigten ausgesetzt. Kommandeure, die sich in Bespre-
chungen der Landratsämter verzweifelt verteidigen,
sind nichts Seltenes. Aber sie gehorchen. Das haben
sie gelernt. Sie ziehen ab, und wenn es ins Zelt geht.

Für den sowjetischen Landser gilt unter den DDRlern das geflügelte Wort: Lieber Hund in einer deutschen Familie als Soldat in der Roten Armee. Aber jetzt trifft es auch die Offiziere. Mit aller Härte und Brutalität, mit der der Offizier die Mannschaften führt, zwingen sie auch die Offiziere und ihre Familien ins einstige Sowjetparadies. Offiziere, deren Frauen demonstrieren, werden als kriminelle Elemente entlassen. Manche alleinstehende Frau sucht verzweifelt unterzutauchen und sucht Arbeit, besser noch einen deutschen Mann, um dem Transport ins Elend zu entgehen.

Aber sie alle behalten nach außen Haltung und Würde. Wenn auch weiter Armeegut unterschlagen, wenn schwarz gehandelt und deutsches Eigentum verschoben wird, der Anschein der Disziplin wird gewahrt und das Auftreten ist selbstbewußt und vordergründig auch soldatisch. Das muß man ihnen lassen. Manch menschlicher Zug könnte fast vergessen machen, daß sie einer Armee angehören, die ein Stalin und ein Ehrenburg geprägt haben. Doch die, deren Angehörige diese Armee gefoltert und ermordet hat, vergessen nicht das namenlose Leid, das diese Besatzung im Namen der Befreiung über das Land gebracht hat.

Schwer ist zu sagen, mit welchen Gefühlen der WGT-Soldat der deutschen Bevölkerung gegenübersteht. Die wenigsten konnten zu Deutschen ein persönliches Verhältnis entwickeln. Nach der Vorschrift durfte es wohl keiner. Die Soldaten wissen, daß in der

DDR befohlen war, sie „Freunde" zu titulieren. So werden sie zynisch noch heute genannt. „Russe" war ein Schimpfwort. Erst langsam und vorsichtig nimmt man es wieder in den Mund.

Vermutlich verlassen sie ein Land, in dem nach ihren Begriffen Milch und Honig fließt und das sie längst nicht genügend ausgebeutet haben. Ob sie überhaupt das Gefühl haben, auch Menschen hinter sich zu lassen, das muß offen bleiben. Der einfache Soldat, eingesperrt in der Kaserne oder in der Einsamkeit des Truppenübungsplatzes, hat sie nicht gekannt. Auf Fahrzeuge und Fässer habe ich sie steigen sehen, um in die Freiheit zu glotzen. Es ist schon eine merkwürdige Armee, die ihre Toten mit Pomp auf öffentlichen Plätzen begräbt und ihre Lebenden in die Kasernen sperrt.

1991
Sowjetische Friedhöfe

Sie ließen ihre toten Soldaten in fremder Erde zurück. Sie hatten viele Tote in diesem verlustreichsten aller Kriege. Da der Mensch ihnen nichts galt, haben sie, schlecht geführt, auch in der Endphase dieses Krieges und auf deutschem Boden unvorstellbare Verluste hingenommen – trotz vielfacher Überlegenheit vor den Seelower Höhen und in Berlin, wo sie in Mitte und in Tiergarten lieber verlustreich jedes Haus zweimal im Nahkampf nahmen, weil sie nicht auf den Gedanken kamen, auf der Ost-West-Achse zügig zur Reichskanzlei durchzustoßen.

Damals haben sie ihrer Toten wenig geachtet. Den Bauern, so noch welche da waren, blieb es überlassen, die verwesenden Kadaver in Gräben und Schützenlöcher zu schleifen. Kein Grabstein und kein Holz markiert die Gebeine. Zu Zehntausenden liegen sie noch heute verstreut auf blacher Ebene im Bruch.

Sie müssen sich dieser Nachlässigkeit geschämt haben. Wer heute dem Totenkult dieser Armee nachspürt, stößt allerorten auf Friedhöfe und auf Male, die die roten Helden preisen. Aber welche? Selten genug

Gefallene. Kein Park im Herzen einer Stadt war ihnen zu pompös, kein Ort zu aufdringlich, um die zu begraben, die später starben. Keine Kulisse war zu anspruchsvoll, auch nicht Schloß Neuhardenberg, um die Toten zu ehren. Seltsam diese Schloßkulisse des so verhaßten preußischen Adels als Zierde sozialistischer Gräber.

Wer den Totenkult der Roten Armee weiter verfolgt, der findet schließlich auch Versöhnliches. Friedhöfe der Besatzungszeit, die eine friedliche Sprache sprechen. Schön und gepflegt der Potsdamer Russenfriedhof an der B2. Fast läßt er vergessen, daß es Fremde sind, die hier liegen, Menschen, die als Fremde kamen, Fremde sein wollten und es auch im Tode geblieben sind.

1991
Denkmale

Der Vertrag über den befristeten Aufenthalt und den Abzug der sowjetischen Truppen und was damit an Vereinbarungen einhergeht, hätte schlimmer ausfallen können. Erstaunlich ist, mit welcher Selbstverständlichkeit die Sowjets die explizit vereinbarte „volle deutsche Souveränität" akzeptiert haben. Aber einige kleine Dreingaben haben sich doch nicht vermeiden lassen, ein paar Milliarden für den Kasernenbau in der SU, Aufrechnung von ihnen errichteter Baulichkeiten, die bereits von den Kreisen bezahlt worden waren, und was sie auch immer unter Baulichkeiten verstehen, und schließlich auch die Erhaltung und Pflege sowjetischer Denkmäler.

Es ist ja auch durchaus verständlich, daß ihnen an dem Erhalt dieser Erinnerungsstücke liegt, wo sie die Bastion Deutschland aufgeben müssen. So bleiben denn die Mahnmale des Kalten Krieges und vor allen des heißen Krieges, der sie tief nach Europa führte.

Wir werden weiter allerorten an die großen Helden erinnert, die uns einst vom Nationalsozialismus befreiten und von so vielem mehr. Im Oderbruch, wo bei Kienitz eine formschöne Säule aus Edelstahl den Punkt markiert, an dem die Rote Armee, die ruhmreiche, den Fluß zuerst überquerte, und wo ein gut gepflegter T 34 verkündet, daß diese Armee hier die erste Ortschaft des Staatsgebiets der DDR vom Faschismus befreite, spreche ich mit den Leuten. Ja, das müsse dann wohl so gewesen sein, sagen die Jüngeren. Die Frauen meines Alters sehen das anders.

Aber sicher ist richtig, daß das Schlimmste an der Oder schon vorbei war. Dem willig von der Roten Armee angenommenen Befehl zum Schänden und zum Morden war man schon ausgiebig genug nachgekommen, bevor man diesen Fluß erreichte.

Wir werden, das ist mein erster Eindruck, mit vielen Denkmälern der Roten Armee leben müssen, einer ganzen Armee von Panzern auf westwärts gerichteten Sockeln und einem ganzen Geschwader von Flugzeugen, kunstvoll vor Betongebilde montiert, die man als Startrampen verstehen könnte. Die Sowjets haben bei aller Liebe zur Monumentalität doch auch Geschmack.

Aber es kommt anders. Die meisten Panzer und Flugzeuge sind Erinnerungsstücke der Verbände und werden Gott sei Dank heimgeführt. Bald prangt vor dem Checkpoint Dreilinden auf dem haushohen geschwungenen Sockel nicht mehr der T 34, der jedem Transitreisenden, bevor er in das dekadente West-Berlin schlüpfte, noch einmal die Faust zeigte. Ein rosa gestrichenes Baufahrzeug hat ihn ersetzt, zum Gaudi aller.

49

Dennoch bleiben genügend Denkmäler der großen Roten Armee, die erst mordete, dann befreite, dann plünderte, sich hinter Kasernenmauern zurückzog, das Land aussaugte und nun friedlich die Stellung räumt. Ich erinnere mich an eine Tafel im Kyffhäuser-Denkmal, auf der steht, daß ein junger sowjetischer Offizier endlose Debatten der DDR-Funktionäre über die Zukunft des Denkmals mit dem Hinweis beendet habe, die Deutschen müßten endlich einmal lernen, mit ihrer Geschichte und mit ihren Denkmälern zu leben. Dieser junge sowjetische Offizier kannte sich offenbar in unserer Geschichte und gut mit unserer Mentalität aus. Wir werden hoffentlich lernen, auch mit den sowjetischen Denkmälern zu leben.

Ich habe einige gesehen, die sind fast zugewachsen.

1991
Weiße Flecken

Entwicklungspläne sind das große Schlagwort. Gemeinden und Kreise begeben sich ungläubig und tastend auf das Gebiet ihrer grundgesetzlich gewährten Planungshoheit. Geschick und Ungeschick, Talent und Hilflosigkeit, Gigantomanie ebenso wie Spießigkeit, Raffgier und Bescheidenheit, alles kommt zum Zuge. Es fasziniert die neugewonnene, die verordnete Selbständigkeit.

Abseits der Städte und Dörfer wird auch die Landschaft wiederentdeckt. Das Gefühl, alles ist Volkseigentum und Volkseigentum gehört keinem, weicht dem Erwachen einer neuen Liebe zur Geschichte, zur Heimat und zu der Schönheit überlieferter Natur. Neu ist zugleich das raumordnerische Denken in Entwicklungsachsen, in Zentren, Verkehrssträngen, in Schutzgebieten, Sanierungsräumen, in Baulandflächen. Und mitten in dieser Landschaft, sich oft über mehrere Kreise erstreckend, sind auf den Plänen große weiße Flecken. Für sie gibt es keine Flurkarten von einiger Relevanz, nicht einmal die Angaben auf der Karte Eins-zu-Fünfzigtausend geben brauchbare Anhaltspunkte. Nur wenige Deutsche durften diese Räume betreten: sowjetische Truppenübungsplätze.

Man weiß so gut wie nichts über sie. Wie sehr sie terra incognita sind, kommt mir vollends zu Bewußtsein, als ein Kreis seinen Entwicklungsplan, auf den er stolz sein kann, vorträgt. Alles ist sauber durchdacht und durchplant, aber die siebentausend Hektar Übungsplatz, mitten in der Kommune gelegen, läßt er aus. Den kenne keiner, darüber gäbe es keine Unterlagen, er war ja Sperrgebiet. So weit, so gut. Das Verblüffende ist, daß keiner dieser regen Leute auf den Gedanken gekommen ist, daß diese 7000 Hektar Kreisgebiet mit zu verplanen sind. Nichts macht deutlicher, wie sehr man sich daran gewöhnt hatte, daß dieses gigantische Aufmarschsystem gegenüber dem der Befreiung harrenden Westen ein Stück Sowjetunion war.

Einige dieser Übungs- und Aufmarschplätze haben zehntausend Hektar oder auch mehr als zwanzigtausend. Sie sind zerschossen und verwüstet, haben Straßen von der Oberfläche gefegt, Verbindungswege zerschnitten, Ortschaften voneinander getrennt und auch Familien. Ließen und Stülpe, Nachbardörfer und 4 Kilometer auseinander, waren Jahrzehnte über einen 26 Kilometer langen Umweg verbunden. In der Glücksburger Heide begegnen sich Pfingsten bei Kälte und peitschendem Regen zwei Gruppen. Sie kommen aus Seyda und Mügeln und feiern mit Waldhornblasen und Reden die alten Verbindungen zwischen ihren Gemeinden und Familien. Sie treffen sich an einer von Granaten zerfetzten Eiche, die einzige, die überlebte, und küren sie zur Heimateiche. Jetzt fährt man wieder 8, fast ein halbes Jahrhundert fuhr man 27 Kilometer zueinander.

Ich lasse mich auf dem Heidehof einweisen. Dreiundzwanzig Kilometer ist dieser Platz lang und hundertdreizehn Quadratkilometer groß. Der sowjetische Kommandant hat hier fünfeinhalb Jahre Dienst getan. Er weiß viel über diesen, „seinen" Platz und hat zu ihm eine positive Beziehung entwickelt. Aber er weiß längst nicht alles. Unterlagen hat die Platzkommandantur so gut wie keine. Nitschewo. Der Major hat gehört, daß die Panzerschießbahnen vor etlichen Jahren verlegt worden seien, man hätte zu oft in das eine Dorf geschossen. Danach sei das nicht mehr so oft passiert, das wäre doch gut. Wo aber das alte Fort Douaumont begraben liege, das wisse er nicht, er habe eine nur schwache Ahnung, wo es sein könne. Vor langer Zeit solle ein Panzer in den Fortgraben gestürzt sein, da hätte man alles zugeschoben. Immerhin, das Verduner Fort war dort vor dem ersten Weltkrieg eins zu eins nachgebaut worden. Ich habe die Pläne und Ansichten auf einem Museumsboden entdeckt. Es muß es also geben, oder gegeben haben, wenn man so will. Verschwunden. Nicht einmal aus der Luft ist es auszumachen, so hat sich die Landschaft verändert. Tage später kommt im Dunkeln ein ehemaliger Verbindungsmann des KGB zu mir, er habe gehört und wolle es mir zeigen, ganz privat. Natürlich gegen Geld.

Es ist schon mühsam, diese Plätze zu erkunden, ihnen ihre Geheimnisse zu entreißen. Es gibt Forstleute und Waldarbeiter, die auf ihnen eingesetzt waren und die wenigstens einiges über sie wissen. Keiner redet, jedenfalls nicht, solange die Sowjets noch im Lande sind, nichts könnte sie verlocken. Nur einer sagt warum, und ich sehe ihm an, wie sehr er sich fürchtet.

Langsam, sehr langsam werden diese Plätze wieder ein Stück Heimat. Ich führe eine Gruppe über einen von ihnen. Einem alten Mann stehen Tränen in den Augen, jetzt habe er in zwei Stunden mehr von diesem Stück Heimat gesehen als in fünfundvierzig Jahren.

1991
Straßen

Mein Audi hat viel auszuhalten, und nun braucht er neue Stoßdämpfer. Dieses Jahr hat er mich schon 50 000 km über die Holperbahnen getragen. Besonders schön war das bei Neuschnee, wenn die Bruchkanten der Straßen geheimnisvoll zugedeckt waren. Nur gut, daß kaum noch sowjetische Panzer fahren. In den Sandwällen, die sie beim Überqueren zurücklassen, hat so mancher sein Leben ausgehaucht.

Ich höre gerade „country roads", eine Parodie aus der DDR-Zeit, die verboten gewesen sein soll. Ich höre mit viel Sympathie hin, während ich schon wieder durch die Schlaglöcher rattere. Der Schluß versöhnt mich fast durch seine Ironie: Die Missetäter verstecken sich mitsamt ihrem Auto in einem Schlagloch, und die Polizei kann sie nicht finden.

Doch die Gerechtigkeit verlangt zu vermerken, daß nicht alle Straßen schlecht sind. Ich bin recht passabel gebaute Fernstraßen gefahren, und die mit D-Mark bezahlte Autobahn Hamburg – Berlin ist auch nicht übel.

Ein Genuß besonderer Art, weil so schön nostalgisch, ist es, auf alten Autobahnen zu reisen, die abgefahren, aber sonst unverändert aus den dreißiger Jahren überdauert haben, vom „Flick-Konzern" notdürftig am Leben gehalten.

Wie frei fühlt man sich auf Autobahnen noch ohne Leitplanken! Wenn es nicht weitergehen will, wird das angrenzende Feld zur Rollbahn, und Umkehren ist auch kein Problem. So fliehe ich mühelos über den Thüringer Wald, wenn bei Eisenach mal wieder nichts mehr läuft und der Wochenendstau zum Ausschwärmen bläst.

Auch schwärme ich für Baustellen. Erstens künden sie vom Aufbau Ost, und zweitens geben sie immer wieder Gelegenheit, abseits alter Transitrouten das Land und seine Sehenswürdigkeiten kennenzulernen. So lerne ich, daß Gustav Adolf bei Lützen verehrt wird, träume bei Klosterlausnitz im romantischen Mühltal vom Totalurlaub, entdecke jedesmal Neuerstandenes, wenn ich über Halle ausweiche, sehe den Rost in Leuna wachsen und folge in Weißenfels den ortskundigen Trabbis über immer neue Schleichwege zur Brücke, bis auch der letzte mit baumdicken Pfählen verrammelt ist.

Man muß auch sein Auge schulen, denn so manches ist anders als bei uns. In Magdeburg ging es mir so und auch in Dresden, daß ich meinte, mich auf eine Baustelle verirrt zu haben, dabei war nur das Schienenbett der Straßenbahn ein wenig in Unordnung geraten. Da bewundert man dann die Geländegängigkeit der Trabbis und Wartburgs.

Mehr als die Straßendecke macht mir die Ausschilderung zu schaffen. Weniger Neugierde entwickele ich bei Baustellen, die mit 30 ausgezeichnet sind. In der Regel tut sich wenig, und kein Mensch denkt an Schleichfahrt. Gefährlicher sind da die Vorwegweiser, die mein Merkvermögen strapazieren und mich an meinem Kurzzeitgedächtnis zweifeln lassen, denn wehe, wenn ich mir nicht merke, wo überall hin es gehen soll. Es gibt keine Hauptwegweiser. Mit meinem verwöhnten Auge habe ich schon manche Abbiegung übersehen, die als Fernstraße gewürdigt werden will. Mit ihrem Kopfsteinpflaster und in ihrer Engbrüstigkeit halte ich sie für eine recht unbedeutende Nebenstraße.

Und dann die Einbahnstraßen, die Durchfahrt- und Abbiegeverbote! Sie scheinen den einzigen Zweck zu haben, mich zum Wahnsinn zu treiben. In jeder Stadt muß es einen gegeben haben, der sich gelangweilt hat und der sich abreagieren wollte, indem er das Straßennetz zum Irrgarten machte. Ich verstehe ja noch, daß man vornehmlich von alten Stadtkernen weggehalten werden sollte, denn alte Baukunst ist meist ein Überbleibsel feudaler Vergangenheit, daß ich aber durch ganz Rostock fahren muß, um abzubiegen, weil ich die erste Möglichkeit verpaßt habe, scheint mir denn doch eine zu harte Strafe.

Ich muß bei dieser Fahrerei an die Vopo-Witze denken. Am besten hat mir der von den beiden Vopos gefallen, die einen Pinguin zur Wache bringen: „Herr Wachtmeister, dieser Herr will seine Personalien nicht bekanntgeben und hat auch keine Identifikation bei sich." „Jungens, geht mal mit ihm in den Zoo!" Zwei Stunden später begegnet man sich wieder auf der Straße. „Ich habe euch doch gesagt, ihr sollt mit ihm in den Zoo gehen!" „Jawoll, Herr Wachtmeister, waren wir auch, jetzt gehen wir mit ihm ins Kino!"

Lassen wir das, denn da ist der grüne Pfeil! Ein Segen für jeden, der Auto fahren kann und zugleich ein würdiger Streitpunkt für dumme Wessis, die offenbar nicht Auto fahren können. Und wenn auch so vieles auf DDR-Straßen mich peinigt, der grüne Pfeil söhnt mich aus und ebenso die Null-Variante beim Alkohol.

1991
Telefon

Als ich noch im Dienst war, hat mir keiner so recht erklären können, warum wir so viele Fernmelder an die Post in den Neuen Ländern abstellen mußten. Erst als ich einen meiner Obristen wieder traf, habe ich begriffen, wie eng dort das Militär in Gestalt der NVA mit der Post verknüpft war. Schließlich auch keine Besonderheit in einem Militärstaat.

N. ist bei der Auflösung der NVA zu seinem Schrecken Vorgesetzter von Fahne, Rotz und Geistlichkeit geworden, wie man zu Preußens Zeiten so sagte. Rotz gibt es ja schon lange nicht mehr, Fahne ist mit dem Abtreten der DDR auch nicht und Geistlichkeit in den Streitkräften schon gar nicht. Dafür ist er verantwortlich für Dinge wie Olympiastützpunkte mit Schwimmerinnen mit rauchig tiefer Stimme, für Militärmusik und für adrette, langbeinige Mädchen, denn schließlich hatte die NVA ihr eigenes Ballett. Das nur nebenbei. Seine NVA-Fernmelder, heftig unterstützt durch Bundeswehrfernmelder, halten weiter spezielle Netze aufrecht, die ganz wichtig sind, denn, kann man sich dort einklinken, kriegt man Verbindung und versteht sogar seinen Gesprächspartner am anderen Ende.

Oh, ahnungslose Unschuld! Am ersten Tag im „Anschlußgebiet", wie manche die alte DDR ja nennen, gehe ich um zwei zur Post und will nach Heidelberg telefonieren. Die fröhliche Schalterbeamtin schickt mich zum Paketschalter, dort würde man Ferngespräche anmelden. Natürlich. Wie konnte ich nur. Ich äußere meinen Wunsch und sehe erneut in ein fröhliches Gesicht, was mich langsam irritiert. Aber, woher soll ich wissen, daß man mich für einen Witzbold hält. Sie lacht mich an und fragt mich, ob ich nicht wüßte, daß es schon zwei wäre.

Ich muß ziemlich dämlich gekuckt haben. Aber unter der fürsorglichen Anleitung dieser Kollegin lerne ich, daß die Laufzeit für ein Ferngespräch nach Heidelberg, sofern sie überhaupt endlich ist, etwa sechs Stunden beträgt, und Punkt vier schließt die Post.

Hin und wieder opfere ich einen Tag und fahre nach West-Berlin, um dringende Gespräche zu erledigen. Wenn ich von zu Hause komme, verabschiede ich mich noch einmal vor der Grenze per Telefon, bevor ich unerreichbar werde. Wenn es wieder heimwärts geht, haste ich ans erste Westtelefon und tauche aus der Unerreichbarkeit auf.

Ich habe mich an das Telefonieren innerhalb des Anschlußgebiets schon gewöhnt. Mein Zeigefinger hat die erforderliche Hornhaut bekommen, meine Geduld auch. Trickreich entlaste ich den Zeigefinger manchmal durch Einsatz des Mittelfingers. Nur eines habe ich nicht begriffen. Wieso nennen manche Leute die ehemalige DDR „das Anschlußgebiet"? Ich kriege meistens keinen.

1991
Medizinische Versorgung

Man sollte mit Zahnschmerzen nicht auf Reisen gehen, schon gar nicht in ein ehemals sozialistisches Land, jedenfalls dann nicht, wenn man sich sicher ist, daß man ohne Zahnklempner nicht auskommt. Aber warum sollte ich es besser haben als unsere „Brüder und Schwestern"? So zieht mir der Ex-Parteisekretär den Zahn, um die Wurzelentzündung zu diagnostizieren. Er bestaunt im Gehege meiner Zähne das Wunderwerk meines heimischen Arztes und stellt lächelnd fest, daß er Vergleichbares nicht produzieren könne, da fehle es an Ausbildung, Gerät und Material. Das Loch muß sowieso erst mal abheilen und kann bis zu Hause warten.

So hat sich der Besuch gelohnt. Nicht nur, weil ich neben dem Zahn meinen Schmerz los bin. Wir hatten auch ein interessantes Gespräch, er, seine Frau, die ihm assistiert, und ich. Ich wollte von ihr z.B. wissen, wie sie es so viele Jahre neben der sowjetischen Kommandantur ausgehalten habe. Die Häuser liegen dicht beieinander. Sie sagte, erst gar nicht. Die Schreie der Geprügelten und Gefolterten, später vornehmlich sowjetischer Soldaten, seien unerträglich gewesen. Nach zwei Jahren sei sie vorstellig geworden. Da habe man die Kellerfenster zugemauert, dann seien die Schreie gedämpfter gewesen.

Ich fange an, mich für die Spezies Arzt zu interessieren. Ich habe mehrfach gehört, daß in der DDR der Arzt nicht wie im Westen ein Gott in Weiß gewesen sei, im Gegenteil, er hätte hinter dem Facharbeiter rangiert. Das Auftreten der Ärztin, von der ich mir für DM 10,-- eine Grippeimpfung geben lasse, scheint mir diese Rangordnung zu bestätigen.

Überall höre ich Klagen über die schlechte Ausstattung. Ein junger Mann, schwer zuckerkrank, hat mir, weil er etwas Gutes tun will, ein kompliziertes Gerät mitgegeben, mit dem er sich bisher medizinisch versorgt hat, ich solle es verschenken, er habe jetzt etwas Moderneres. Der Internist, dem ich das Gerät übergebe, schaut es sich lange sinnend an. Von einem solchen Gerät habe er nicht einmal gehört.

Wie dankbar man für neues Gerät ist, erfahre ich bei einem Unfall. Nachts entdecke ich auf der B2 einen Verletzten, dessen Auto frontal am Baum hängt. Die Batterie ist herausgeflogen und liegt drei Meter in Fahrtrichtung. Keine Bremsspur. Muß eingeschlafen sein. Ein Trabbi hält und rast gleich weiter ins nahe Dorf, um Hilfe zu holen. Wir haben Glück, der Vater ist der Bürgermeister und verfügt über ein Telefon. Bald kommt der Unfallarzt, weiblich, und nach 20 Minuten auch der Unfallwagen. Die Ärztin, schwerfällig und doch geschickt, mit dem verwitterten Gesicht einer alten Bäuerin, hat viel gesehen und weiß zuzupacken. Wie wir bis zu den Ellenbogen mit Blut beschmiert sind, frage ich, um mit ihr ins Gespräch zu kommen, ob man nicht Vorsorge wegen Aids treffen solle. Sie schaut kurz auf, erkennt in mir den Wessi und raunzt mich an: Unsere Jungens haben kein Aids. Sie wird gesprächig. Am Ende, wie es so aussieht, daß er durchkommt, spricht sie von den vielen Unfallopfern, denen früher nicht zu helfen war, weil es ewig gedauert habe, bis Hilfe kam, und es solche schönen Rettungswagen nicht gab, und sie strahlt ein wenig.

Es muß schwer gewesen sein, im Sozialismus als Arzt zu wirken. Das wird es eine ganze Weile noch bleiben, solange so vieles fehlt, was einen modernen Standard ausmacht. Je mehr ich in die Zunft der Ärzte hineinschaue, desto größer wird mein Respekt vor dem, was sie bei tausend Unzulänglichkeiten geleistet haben, und vor dem Mut, Rettung und Hilfe zu bringen auch dann, wenn sie nicht gerüstet waren. Götter in Weiß waren sie sicherlich nicht, Helfer in der Not umso mehr.

1991

Helfer in der Not

Den Typ des Helfers gibt es nicht. Du findest Pflicht-
bewußte, die pour le roi de Prusse arbeiten wie der
Hugenottenabkömmling, der ultimo im März pensio-
niert wurde und am 1. April die Regie im Krankenhaus übernahm. Seine Begründung: Mein Vorfahr hat
in Brandenburg gesiedelt, das verpflichtet.

Du findest Samariter, du findest Freiwillige und
Befohlene. Du findest Gewinnsüchtige, Gauner, Leute
mit Profilneurose, Intriganten, Missionare und unter
allen den so beliebten Besserwessi. Der Landrat von
Jessen hat seinen jugendlichen Berater nach drei Tagen rausgeschmissen, als der ihm als erstes mit erho-
benem Zeigefinger klarmachen wollte, daß an die Tü-
ren der Amtsstuben Namensschilder gehörten.

Es wird viel Schlechtes über diese Helfer geredet.
Manchmal auch Gutes, aber wie immer wird das Gute
als selbstverständlich genommen. Oft scheint es kaum
der Rede wert. Dagegen hörst du einmal zu oft das
Wort vom Besserwessi. Er ist ein Problem, über das
es sich lohnen würde zu promovieren. Ihn als
Schlaumeier ohne Fingerspitzengefühl abzutun, damit

ist es nicht getan. Es gäbe ihn nicht als Phänomen, wenn nicht der Ossi von dem Drang beseelt wäre, es selber richtig machen zu müssen, und auch nicht, wenn dieser Ossi nicht so stark empfinden würde, daß er überdauert hat und daß er ein Recht darauf habe, daß die Verantwortung bei ihm liege. Reibungspunkte sind vorprogrammiert. Sie sind fruchtbar.

Es war Erich Kästner, der schrieb: Es gibt nichts Gutes, außer man tut es. Erste und schwerste Aufgabe des Helfers ist es, sein Gegenüber zum Handeln zu bewegen, ihn aus seiner Versteinerung zu lösen. Alles hat sich dagegen verbündet, das Neusein der Materie, die fehlende Ausbildung, vor allem aber der frühere Trott, der lähmend über der Kommandowirtschaft lag. Was soll der Verwaltungsangestellte in der DDR gesagt haben, als man ihn fragte, ob die sozialistische Verwaltung das „manana" kenne? Natürlich, natürlich, nur meine man damit nicht den gleichen Grad an Dringlichkeit.

Am wirkungsvollsten scheinen mir unter den Helfern die Stillen im Lande zu sein. Sie sind die Namenlosen, die, die ihrem Gegenüber zuhören, es einfach an die Hand nehmen, das Neue erklären, und die mit ihm arbeiten, am selben Tisch und an denselben Problemen. Sie erinnern mich an das Seecktsche Wort von den Generalstabsoffizieren, die viel leisten, wenig hervortreten und keine Namen haben. Derer gibt es viele. Es sind die, die sich ihres Buschgelds schämen, so sie überhaupt eines bekommen. Oder besser noch wie jener Oberstleutnant, der sich verschuldet und gleich anfängt, mit seinem Buschgeld ein Haus zu bauen: Ich gehöre zu euch.

Zu diesen kommt man wie zu jenem Bezirkskommandeur der Bundeswehr, von dem sich der Oberbürgermeister Rat holt und von dem die Stadtverwaltung zu gerne Weisungen haben möchte. Wie er '93 verabschiedet wird, werden sieben Reden gehalten, fünf von Ossis, eine hält der Russe und eine der Pole von jenseits der Oder. Alle sagen das gleiche, alles, was sie sagen, kommt von Herzen, alle sagen schlicht: Du hast uns geholfen. Zwischen den Reden, damit es nicht eintönig wird, spielt das Kabarett, denn er habe doch auch das kulturelle Leben wieder in Gang gebracht.

Aber es sind zu wenige, die hier in den „Neuen Ländern" helfen. Man versteht die neuen Gesetze, die neuen Vorschriften, die vielen neuen Formen und Organisationen als eine Bringschuld, die herüberzutragen vieler Menschen guten Willens bedürfe. Aber es sind nur wenige, die kommen. Ostwärts von Rostock für lange Zeit ein einziger Jurist. Auch kommen sie nicht oft und nicht lange genug. Immer wieder haben Arbeiten in der Behörde zu Hause Vorrang.

Ist es wirklich so wichtig, daß der Geschäftsplan westdeutscher Gerichte eingehalten wird, wo es hier überhaupt keine Rechtspflege gibt? Muß der Aufbau von Landrats-, Gemeinde-, Finanz-, Grundbuch-, Versorgungs- und hundert anderen Ämtern für sechzehn Millionen das Abfallprodukt zeitweise entbehrlicher Kapazitäten der wohleingespielten Bürokratie für sechzig Millionen sein? Und wo Gesetze und Vor-schriften entgegenstehen – kann man sie nicht än-dern? Sind die so oft bemitleideten und zum Ausharren ermunterten „Brüder und Schwestern" kein größeres Opfer wert?

1991
Gewohnheiten

Honecker hat auch einen Bus hinterlassen, rot-beige, mit sehr bequemen Sitzen. Salon-outfit. Mit ihm konnte er gut reisen; mit Entourage. Nun ist stolzer Besitzer der MP von Brandenburg.

Es ist Reitturnier und sein Besuch am Nachmittag hat sich verspätet. Er reist schon den ganzen Tag durch die Lande, mit seinem Kollegen, dem MP des Partnerlandes in Westdeutschland. Er will Kontakt mit den Menschen pflegen, was ihm nicht schwerfällt und auch nicht seinem Kollegen. Da ist solch eine Verspätung schon mal drin. Der Landrat und ich unterhalten solange seine Frau.

Wie er kommt, ist das Turnier vorbei. So bleibt nur ein kurzes Treffen mit den örtlichen Oberen, die sich eilig um ihn flocken, und mit der Presse.

Dann aber geht es los, denn die Bürgermeister des nächsten Kreises und ihr Landrat haben den letzten Tagesordnungspunkt sorgfältig vorbereitet: Abendessen im Walde, im alten Stasi-Objekt mit dem bewährten Wirt und seiner russischen Gattin. Dort klappt noch alles.

Es geht also los, und wir werden pünktlich sein. Man soll die Bürgermeister nicht und schon gar nicht den Koch zu lange warten lassen. Wir fahren Kolonne, und solche Kolonnenfahrten sind geübt. Marschordnung: Polizei mit Blaulicht und Martinshorn, Sicherheit, Bus, Sicherheit und wieder Blaulicht. Ich sage meinem Landrat: „Nicht mit mir!" Wir hängen uns hinten an.

Und dann passiert es, die Nagelprobe: Aus dem Krankenhaus prescht mit Blaulicht und Tatitata ein Krankenwagen. Blaulicht gegen Blaulicht. Ich bin gespannt. Es siegt die Gewohnheit. Noch immer hat ein Menschenleben keine Vorfahrt.

Ich bin des öfteren in der Staatskanzlei. Auf dem Parkplatz grüßt mich Honeckers Bus. Irgendwie gehört er noch eine ganze Weile dazu.

1991

„Russenschweine"

Mit dem Großen Bruder brüderlich umzugehen, ist auch heute nicht einfach und war es bis zur Wende schon gar nicht, obwohl man doch offiziell im gleichen Boot saß, sich gemeinsam tapfer gegen Rias, Kapitalismus und Imperialismus zur Wehr setzte und Hand in Hand für den Tag der Befreiung der geknechteten Westvölker bereithielt.

So erhebend das alles klang, so einfach war es aber nicht mit der Gemeinsamkeit. Sie durfte öffentlich, wenn sie offiziell war, aber sie durfte nicht privat und privat schon gar nicht offen gepflegt werden. Es gab zu vieles zwischen den beiden Brudervölkern, was heikel war. Letztlich war man ja doch Sieger und Besiegter, und dazu hätte manches nicht gepaßt. Wie, wenn der Rotarmist mitbekam, wie viel besser es sich in einer deutschen Familie lebte, oder er hätte gar etwas über Westkontakte gehört und am Ende erfahren, daß es sich im kapitalistischen Westen noch besser leben ließ? Wo wäre da das Feindbild geblieben?

Heikler noch war, daß der Rotarmist und Sowjetbürger hätte erfahren können, daß manche Deutschen auf ihn herunterblickten, weil er nicht einmal Fahrrad fahren konnte oder weil er wie zu Zeiten der Leibeigenschaft von seinen Vorgesetzten bei Bedarf geprügelt wurde. Auch hätte er erfahren können, daß man von den heldenhaften Rotarmisten als Russen sprach und daß diese Bezeichnung mitunter einen Beigeschmack von Herablassung hatte. Darum sollten die Deutschen ja auch nur von den „sowjetischen Freunden" reden, und sie taten es ihnen zuliebe auch gerne, wobei sie aber etwas bübisch lächelten.

Soweit so gut. Erwin war das alles bekannt. Er beherrschte die offizielle Rede und wußte sich „perfektamente" auszudrücken, denn er war ja nicht doof.

Nun gab es neben dem offiziellen Reglement natürlich auch inoffizielle Usancen, und die fußten nicht selten auf gewissen unbefriedigten Bedürfnissen der Freunde, zu denen auch das täglich Brot gehörte. So pflegte man durchaus inoffizielle Kontakte. Auch in denen kannte Erwin sich aus und mästete im Stall hinterm Haus neben seinem Schwein noch zwei für seine russischen Freunde. Die waren richtige Russen und auch seine richtigen Freunde.

Eines Abends brach dann das Unglück über ihn herein, als ihn der Frohsinn davontrug und er diese zwei Welten nicht mehr auseinanderhalten konnte. Das passierte, als er in der heimischen HO-Gaststätte munter das Tanzbein schwang, sich der Tücke der Sprache nicht mehr gewachsen zeigte und die Frage, warum er zu spät gekommen wäre, damit beantwortete, daß er noch seine Russenschweine gefüttert habe.

Das hatte einer gehört, der nicht richtig verstehen wollte. Wenn das die Russen – Pardon, die Freunde erführen! Sie würden so etwas sicher falsch auffassen!

Auch der Staatsanwalt und auch das Gericht wollten nicht verstehen. Und so ging man auf Nummer Sicher und schickte Erwin für zwei Jahre nach Bautzen.

Als Erwin wiederkam, fand er, er habe keine Perspektive mehr im Arbeiter- und Bauernstaat. Da hat er die Fliege gemacht, d.h. er ist abgehaun.

1991
Befindlichkeiten

Man versucht, mir klarzumachen, wie man sich gefühlt hat, als es nichts gab, das Geld wenig wert war, der Bewegungsraum klein, die Abhängigkeit groß, der Vorschriften viele, Ansporn sinnlos, Feind allerorten, Gängelung endlos.

Oh, ich begreife! Habe ja unter ähnlichen Verhältnissen gelebt: 3. Reich, britische Besatzung, französische Besatzung, russische Besatzung. So lang ist das auch nicht her. Aber man muß vorsichtig sein, jede der Diktaturen hat ihre Handschrift. Aber eine Eigenheit haben sie gemeinsam, den politischen Witz.

Eines Tages zeigt Hansi mir maschinegeschriebene Seiten, die er versteckt hatte und die zu den schönen Heimlichkeiten des DDR-Lebens gehörten, die das Leben ertragen halfen in dem Gefühl, geistig überlegen zu sein und mit anderen verbunden. Dazu kam auch das Prickeln der Gefahr der Auflehnung, so etwas zu besitzen und gar zu verteilen. Auch aus solchem Prickeln wuchs Stärke.

Ich will hier zwei Kostbarkeiten wiedergeben. Wörtlich, so wie Hansi sie niedergeschrieben hatte:

Die Schaffung der Welt

Als großes Natschalnik, Iwan Gottowitsch, hat geschaffen die Welt, hat er genommen Stückchen Erde – beste Erde – Kubaerde. Er hat gemacht unseren Planeten, die Erde. Dann hat er gesagt: „Es werde Licht", und es entstand unser erstes Kraftwerk. Und dann hat er modelliert den Genossen Adam Adamowitsch. Das war ein kleinbürgerlicher Individualist.

Dann hat großes Natschalnik gemacht aus Rippe von Adam Adamowitsch Zachanik Ewa Ewanowa und so entstand erste Genossenschaft.

Haben sie gelebt in große Genossenschaft, Paradies Tiep III. Natschalnik Iwan Gottowitsch hat gegeben Statut und gesagt: „Kennt essen ihr Früchte von Pflaumen, Früchte von Birne, Erle und Pappel. Aber Früchte von Apfel dirft ihr nicht essen, ist Volkseigentum."

Dann ist gekommen Schlange, böse Schlange, listige Schlange, kapitalistische Schlange und hat gesagt mit Stimme von RIAS: „Adam Adamowitsch und du essen Früchte von Apfelbaum, ist ja Kollektiveigentum und gehören auch dir." No, und weil Adam Adamowitsch nicht haben studiert Marxismus-Leninismus, hat er genommen Apfel und hat aufgefressen zusammen mit Ewa Ewanowa.

Es ist gekommen großes Natschalnik Iwan Gottowitsch und hat sie bestraft. Er hat weggenommen Dokument und mußten ieben zwei Stunden Kritik und Selbstkritik. Dann hat er ihnen gegeben Maisanbau, Revisionismus, Rinderoffenställe, Wartburg und Trabant ohne Ersatzteile und sie waren bestraft für ihr ganzes Leben!

Wie geht es Dir?

Komm, lieber Erich, und sei unser Gast
und gib uns die Hälfte von dem, was du hast.
Der Pole hat Kohle, der Russe hat Licht,
wir haben die Freundschaft, mehr brauchen wir nicht.
Auf den Straßen große Löcher,
in den Läden leere Fächer,
zu Ostern keine Geschenke,
zu Pfingsten keine Getränke,
keine Schlüpfer, keine Zwiebel,
mir wird speiübel.
Zu Weihnachten keen Boom,
zu Sylvester keen Strom,
in der HO keine Bekannten,
im Ausland keine Verwandten,
aus dem Westen kein Paket –
und da fragste noch, wie es mir geht.

(Rilkes Elegien sind zweifellos literarischer. Aber sie sind nicht treffender.)

.

1991/1992
Reichsbahnservice

Die Stadt ist nicht groß, sie hat etwa 13 000 Einwohner, aber einen nach wie vor nicht unbedeutenden Bahnhof mit Betriebswerkstätten und Russentransporten. Die Westgruppe der Truppen hat sogar ein eigenes Empfangsgebäude bekommen. Man hat als Reichsbahner allen Grund, wenn auch nicht wegen der ausländischen Kunden, aber insgesamt doch stolz auf seinen Bahnhof zu sein.

Ich muß vor dem Bahnhof halten und mein Auto abstellen, wenn ich nach der Verbindung frage, die mir immer sehr bereitwillig herausgesucht wird, und mir meine Fahrkarte kaufe. Erst beim dritten Male merke ich, daß es auf dem Bahnhofsplatz gar keine Abstellmöglichkeiten für Kunden gibt und daß an dem Parkplatz, auf dem ich mein dickes Wessiauto abzustellen schon gewohnt bin, ein Schild steht, demzufolge nur Reichsbahnpersonal dort parken darf.

Ich schaue mich ungläubig um. Mir fällt ein älterer, sympathisch aussehender Uniformierter auf, der mich beobachtet und offenbar etwas auf dem Herzen hat, sich nur nicht traut, mich anzusprechen. Ich frage ihn und erfahre zu meinem Erstaunen, daß es vor dem Bahnhof keine, auch keine Kurzparkmöglichkeiten für den Kunden gibt, daß man als Kunde – wenn ich mich recht erinnere, gibt es diesen Begriff hier nicht, es heißt Reisender oder so ähnlich –, daß man also als Reisender seinen Wagen unten auf dem Sandplatz abstellt.

Den Weg zum Sandplatz lasse ich mir erklären. Er ist auch nicht schwer zu finden. Es sind nur etwa 150 Meter, wenn man über die beschrankten Schienen des Russengleises geht, die allerdings leider häufiger und dann länger geschlossen sind. Dann den Berg runter. Da ist zwar keine Treppe, aber der Weg ist nicht sehr steil und auch nicht rutschig, im Winter natürlich manchmal schon. Sonst muß man außen rum gehen, also rechts den Berg runter, dann auf der F wieder nach links (Vorsicht, da ist kein Gehweg!) und dann wieder links. Dann kommt der Sandplatz gleich wieder links, man braucht also nicht über die Straße zu gehen, die ja auch viel Russenverkehr hat. Wie weit? Es sind nur 5 bis 6 Minuten. (Mit Koffer.)

Na, das geht ja, denke ich und bin mir sicher, daß ich das nächste Mal wieder vorm Bahnhof parke.

In Erfurt freue ich mich über das Schild an der Gepäckaufbewahrung, demzufolge Koffer mit mehr als 8 kg Gewicht vom Reisenden selber ins Regal zu stellen sind. Der Reichsbahnkollege, der meinen Koffer (7 kg) entgegennimmt, macht einen gesunden Eindruck und strahlt mich fröhlich an.

1992

Es schneit seit Tagen. Die Rutschpartien auf der Straße machen so keinen rechten Spaß mehr. Also fahre ich mit dem Zug nach Potsdam. Die Kanonenbahn hat zwei alte Wagen, die sehr schön warm sind, eine Diesellok, einen Lokführer und eine Schaffnerin. Dazu kommen gelegentlich ein paar Fahrgäste. Heute bin ich alleine.

Es ist schon der dritte Tag, daß ich mit dem Zug fahre. Ich habe mich an diese Verbindung gewöhnt. Wenn der Zug, was fast immer der Fall sein soll, pünktlich ist, kriege ich meinen Anschluß in Wildpark und bin bald darauf in Potsdam-Stadt.

Heute, will's der Teufel, wo ich wirklich pünktlich sein muß, kommt die Lok eine halbe Stunde zu spät. Ich mach' mir keine Gedanken. Als die Lokführer letztes Jahr ihren ersten Streik übten, fuhr der Zug auch eine halbe Stunde zu spät ab und holte mit etwas Geschüttel und Gerassel die 30 Minuten glatt wieder auf.

Die Schaffnerin entschuldigt sich für die Verspätung. Ich sage, macht nichts, das holt er auf. Nein, sagt sie, die Lok hat jetzt einen Fahrtenschreiber, darf der Kollege nicht. Ich lasse meine Enttäuschung wissen. Wir rechnen aus, daß ich nicht rechtzeitig nach Potsdam komme, wenn der Vorortzug in Wildpark nicht wartet.

In Treuenbrietzen sehe ich sie mit der Fahrdienstleiterin verhandeln. Die geht ans Telefon. In Belitz geht sie selbst ans Telefon und kommt fröhlich zurück, der Zug würde wohl warten. Tut er auch. Alles in Butter.

Auf der Rückfahrt bin ich gut gelaunt, aber hungrig und frage die Schaffnerin, wo der Speisewagen sei. Vor der Lok! Wir lachen und ich mache es mir in meinem Abteil bequem und fange an zu lesen. Ich kann sie dabei schräg über den Gang in ihrem Dienstabteil sehen, wie sie Formulare ausfüllt und dann lange an einem Päckchen rumnestelt. Ich will grade einschlafen, da steht sie vor mir und hält mir ein bißchen verlegen ihr Stullenpaket hin. Ich hätte doch Hunger!

Verdammtnochmal, ich bin überrascht. Das nenne ich Service! Abzulehnen wäre geradezu eine Taktlosigkeit, und die Stullen schmecken obendrein herrlich.

Am nächsten Morgen stecke ich ihr eine dicke Mandarine zu, die mir meine Wirtin zu dem Behufe mitgegeben hat.

1992
Ämter

`

Die junge Frau neben mir weint und lacht abwechselnd. Sie ist ein bißchen hysterisch. Man sollte ihr das
nicht übelnehmen. Vorhin wäre sie beinahe abge-
rutscht und in den ersten Stock gefallen, als sie dabei
war, oben noch ein paar Akten zu retten. Der Fußbo-
den hat in der Mitte ein großes Loch und ist abschüs-
sig. Das Bundesvermögensamt ist abgebrannt. Um
sich ein wenig zu beruhigen, sagt sie laut: „Verfluchter
Mist, jetzt ist die Arbeit von zwei Jahren hin."

Ich bin in eine Pausenbesprechung geraten und
sitze in der Runde rußverschmierter Gestalten. Sie
platzen vor Unternehmungslust, wenn auch leicht
übermüdet.

Noch nie war man so heiter. Der Amtsvorsteher
mit dem klangvollen Namen fragt mich, was ich denn
um Gottes willen wolle, wo doch die ganze Bude abgebrannt sei. Ich setze zwei Flaschen Rheinpfälzer auf
die Tafel und sage, ich sei nun einmal wohlerzogen
und wolle einen Kondolenzbesuch machen. Das wird
akzeptiert. Ich bin zu einem Becher Cola eingeladen.
Ich solle ja nicht denken, man habe die Arbeit oder

gar die guten Sitten eingestellt. In der Reitbahn neben-
an würde das, was übriggeblieben sei, sortiert, auch
wenn es nicht viel wäre. Im übrigen sei business as
usual, er habe auch keine für heute vorgesehene
Dienstreise ausgesetzt. Zwischendurch wird eine An-
zeige zur Orientierung der Geschäftspartner diktiert.

An diesem Tag wird mir so recht bewußt, warum ich
so gerne Ämter besuche. Jedenfalls hier drüben. Es ist
nicht nur die Eitelkeit und das Gefühl, gesucht zu sein
und gebraucht zu werden. Es ist der Pioniergeist, der
mir entgegenweht, alle auf Trab hält und verbindet. Es
ist das Erleben einer starken Kameradschaft. Sie fängt
jeden ein, der mit am Tau zieht. Da verschmelzen Ost
und West ganz schnell.

1991/1992
Grund und Boden

Wer hundert Hektar und mehr hatte, der war ein Charakterschwein, er war ein Volksfeind und mußte enteignet werden. War es weniger als hundert, gehörte man zur guten Sorte Mensch. Ganz einfach. Versteht doch jeder. Daß das so richtig war, hat auch flugs das Bundesverfassungsgericht erkannt, als es das Erbe sozialistischen Rechtsempfindens antrat, vielleicht auch in dem Glauben, zur Sicherheit noch einmal einen Schlußstrich unter Preußen ziehen zu müssen.

Wie ich den jungen Lochow frage, warum er so hartnäckig und verzweifelt versucht, auf dem Boden seiner Väter Fuß zu fassen, der ihm doch nicht gehöre und nicht gehören werde, er kenne doch die Rechtslage, schaut er mich lange und groß an und sagt nur: „Meine Familie hat hier tausend Jahre gesessen." Ich schäme mich. Ich schäme mich gleich mit für das Bundesverfassungsgericht. Ich schäme mich für die Bundesrepublik Deutschland.

Bei Grimma treffe ich Frau Günter. Auch ihr Mann wurde enteignet, da mehr als hundert Hektar.

Aber man durfte bleiben. Nun zahlt sie Miete im eigenen Haus.

Wild-West muß harmlos gewesen sein gegenüber Wild-Ost. Ich frage mich immer wieder, wie die Menschen hierzulande den altbundesrepublikanischen Eigentumsbegriff begreifen sollen. Daß sich Privatleute als Raffkes gebärden, erklärt man sich noch selber, daß aber der Bund der Oberraffke ist, verwirrt denn doch ein wenig.

Es muß schon so richtig Spaß machen, die Leute über den Tisch zu ziehen, bei den Mauergrundstücken, auf Übungsplätzen, wo auch immer. Meist merken sie es ja nicht einmal, denn sie schauen Gott sei Dank nicht durch. Gerichtsbarkeit gibt es noch nicht, und wenn, dann macht es nichts, wenn die Anwältin gleich beide Parteien berät. Es macht nichts, wenn eine rote Socke Staatsanwalt ist oder dem Gericht vorsitzt. Was heißt schon Rechtspflege!

Mit den Flurstücken ist das ganz einfach. Wie der sowjetische Offizier mit dickem Stift auf der 25000er die Grenze des Truppenübungsplatzes zieht, entsteht blitzschnell Bundeseigentum. Daß die Grenze quer über die Flurstücke geht, macht auch nichts. Die brauchen nicht vermessen zu werden. Ragt der größere Teil des Flurstücks in den Übungsplatz, schwupp, gehört das Flurstück dem Fiskus. Denkt sich doch keiner was dabei. Ist ja auch nicht böse gemeint. Sind doch alle in der LPG-GmbH und wissen nicht mehr, was ihnen gehört. Es macht auch nichts, daß die Truppenübungsplätze in DDR-Zeiten nicht abgegrenzt waren, daß das genutzte Gelände mal größer, mal kleiner war.

Nun gibt es aber einen Einigungsvertrag mit einer Gemeinsamen Erklärung, in der steht: „Sind Vermögenswerte ... auf Grund unlauterer Machenschaften, z. B. durch Machtmißbrauch, Korruption, Nötigung ... erlangt worden, so ist der Rechtserwerb rückgängig zu machen." Aber was soll das! Hält doch nur auf. Und, bitte schön, was ist schon Machtmißbrauch oder Nötigung? Es liegen doch haufenweise Kaufverträge vor, und mehr als 10 Pfennig war der Quadratmeter Hochwald ganz bestimmt nicht wert. Auch kann man doch den Hinweis auf Bautzen, diskret gegeben und ja auch überhaupt nicht nachweisbar, nicht gleich als Nötigung auffassen. Na, und was ist er heute wert, dieser Wald? Weniger als nichts: Gleißender Sand, gemischt mit Millionen Granat- und Raketensplittern und wer weiß wie vielen Blindgängern. Da kann man doch nur froh sein, wenn der Bund einem das abnimmt! Denken Sie an die Gefährdungshaftung! Na also.

Es ist schon schwer, ein Verhältnis zu Grund und Boden zu bekommen. Die zementenen Grenzpfähle haben sich gut schichten lassen, und dann oben auf den Podest den Panzer drauf, den Befreiungspanzer von Nazidiktatur, von Feudalismus, von Imperialismus und gleich auch noch vom Eigentum. Hat ja nur ein bißchen Menschenwürde und diesen komischen Freiheitsbegriff gekostet.

Wie soll man sich da umstellen, wenn der Boden der Eltern so lange Volkseigentum war und wenn Volkseigentum bedeutet, daß es niemandem gehört? Darum konnte man ja auch so schön jeden Gammel in den Wald schmeißen!

Die Suche nach dem Loch bei Frankfurt-Oder, in dem er '45 verwundet worden war, hat Horst und mich zum Bauern Schulze geführt. Wir reden über den Krieg, darüber, wo Vater und Sohn Schulze die Toten verscharrt haben, und wir reden auch über sein Land. Schulze ist kein Träumer, aber wieviel Land ihm gehört und wo der Wald aufhört, den ihm der Vater hinterlassen hat, weiß er nicht so recht. Er will es auch nicht wissen, denn er weiß nichts damit anzufangen.

Nach einem Jahr komme ich wieder und habe meinen Sohn dabei. Bauer Schulze und seine Frau haben auch einen Sohn. Weil Sonntag ist, gehen wir alle im Wald spazieren. Als guter Gastgeber fängt Schulze an zu erklären. Hier war ein Hügel, den habe sein Vater an den Staat verkauft. Damit habe man die Autobahnüberführung angeschüttet. Hier steht eine alte Jagdhütte, die hatte sein Vater mit seinen Freunden aufgestellt. Die Stasi hat sie an sich genommen und so schön gepflegt.

Ja, und in diesem Waldstück gibt es die meisten Pilze. Das müsse doch auch seinem Vater gehört haben.

Plötzlich fängt sein Sohn an zu fragen. Will wissen, wem dieser Acker, der Teich, jener Wald gehört. Und zum ersten Mal sprechen Vater und Sohn über das Land, das ihnen gehört. Zum ersten Mal.

Zum Schluß zeigt der Sohn uns die verwucherten Reste eines kleinen Wohnhauses, das auch zum Anwesen gehörte, im Krieg zerschossen wurde und verfiel. Hier hätte er sich schon immer gewünscht, ein Haus zu bauen, und ob man mit dem Land nicht doch etwas anfangen könne?

1992
Staatsnotstand

Wie ich im Herbst '91 im Gespräch mit einem Staats-
rechtler darauf aufmerksam mache, daß bei Lichte
besehen in den Neuen Ländern ein regelrechter
Staatsnotstand herrsche, bekomme ich zur Antwort,
das sei zwar faktisch sicherlich der Fall, aber es gäbe
Zustände, die man rechtlich nicht qualifizieren dürfe,
weil die Konsequenzen nicht beherrschbar seien.
Donnerwetter, habe ich gedacht, ich muß noch eine
Menge lernen.

Fünf Bundesländer ohne Regierungen. Zwar gibt
es nominelle MPs und Minister, aber keine Ministe-
rien, keine Mittelinstanzen. Rechtspflege gleich Null.
Genauer genommen liegt sie im Minus, denn noch
arbeitet sie ungetrübt mit dem Unrechtsapparat von
früher und mit dessen Maßstäben. Polizisten verstek-
ken sich und schrecken zusammen, wenn irgendwer
sie anschnauzt. Ämter wie das für offene Vermögens-
fragen haben keine vorgesetzte Dienststellen. Die
Kommunen entscheiden willkürlich, wenn überhaupt,
und so gut sie können, bestenfalls nach ihrem Gewissen. Wirtschaftsganoven führen Tänze auf. Man klaut,

wo man noch schnell klauen kann, am liebsten Grundstücke. Dabei führt der Bund die Tete an. Und man entläßt am laufenden Band, besonders gern die, denen man früher nicht an den Kragen konnte, weil es schließlich Regeln gab. Rot blitzt die Socke.

Sie wollen, daß Ihr Urteil kassiert wird? Zwei Jahre haben Sie bekommen? Sie können ja jemand umgebracht haben! Wo ist denn überhaupt das Urteil? – Aber, Herr Staatsanwalt, Sie haben mich doch selber angeklagt und nach Bautzen geschickt und Sie wissen doch, daß einem das Urteil nicht ausgehändigt wurde!

Ich muß an den Walter, den von der Vogelweide denken, dache wie er Bein mit Beine, setze daruff, wie er, denn Ellenbogen und denke, wie er, wie man zer werlte solte leben. Es ist doch nicht das erste Mal, daß wir schwierige Zeiten in teutschen landen haben: Untriuwe ist in der saze, gewalt vert uf der straze, fride unde reht sind sere wunt.

Gott sei Dank ist es mit der Gewalt in teutschen landen nicht mehr so schlimm. Die Gewalt, die die Russen sich gegenseitig antun, ist schlimmer, bleibt aber unter der Decke. Mit der Einbrecherbande in meiner Geisterstadt, einer Russenkaserne, lebe ich in friedlicher Nachbarschaft. Darauf, daß der tote Major von seinen eigenen Leuten erschlagen wurde, hat man sich, wie ich höre, schnell geeinigt. Bloß keine Presse! Auch das tote Kind fehlt „zum Glück" nicht auf deutscher Seite. Das würde einen Ärger geben! So sind die beiden schnell von der Verpflegungsliste gestrichen.

Im übrigen kann man ja auch froh sein, daß den Leuten das Gehorchen noch so in den Knochen steckt. Das ist das eine, was das Regieren erleichtert. Das andere ist, daß sie noch eine Weile daran glauben, daß außer den Packen von Gesetzen und Vorschriften, die man so freudig dediziert, noch richtige Hilfe kommt, richtige Menschen kommen, die einen an die Hand nehmen. Die paar, die gekommen sind, können doch nicht alle sein!

Die Staatsgewalt, das sind die Krankenschwestern, Turnlehrer und Tierdoktoren, die willig Bürgermeister und Landrat geworden sind. Sie sind Monate, bald Jahre die Staatsgewalt schlechthin, sind oberste Instanz in fast allen Dingen. Sie tun ihr Bestes. Wird man je dem unbekannten Landrat ein Denkmal setzen?

Im Tal der Ahnungslosen – nicht Dresden, sondern Bonn, wie der MP Vogel konstatiert – müht man sich redlich, das Anschlußgebiet auf die Beine zu stellen.

Redlich schickt man Geld, viel Papier und auch ein paar wirklich gute Leute. Man schafft Patenschaften. Die Bundeswehr schluckt die Kröte NVA und verdaut sie vorbildlich. Die Treuhand wird aufgemacht. Sie bleibt auf sich gestellt.

Als die Rehabilitierungskammer den Lehrer, der 20 Jahre Zwangsarbeit in der Melioration ableisten mußte, abweist, weil dem kein Strafgerichtsurteil, sondern nur ein Verwaltungsakt zugrunde lag, da dämmert mir nicht nur, daß die drei Richter im Westen nicht einmal das Gesetz durchgelesen haben. Es ist nicht allein die avaritia, der Geiz, der auch die Trägheit des Herzens genannt worden ist, es ist auch die Trägheit des Geistes, an der die Wiedervereinigung zu kauen hat.

Staatsnotstand – wer den Mut hätte, den Rechtszustand treffend zu deklarieren, der hätte auch den Mut, in Bewegung zu setzen, was ein Sechzigmillionenvolk leisten könnte, um sechzehn Millionen zu helfen. Wenn es nur wollte.

1992
KITA

Fluch und Segen. Wenige Einrichtungen der DDR sind so umstritten wie die Kindertagesstätten. Nicht in der Weise, daß ihre Berechtigung öffentlich in Zweifel gezogen würde, das wagt keiner, aber sie geben Anlaß, das Für und Wider des sozialistischen Erziehungssystems ernsthaft zu diskutieren, denn ohne KITA geht nichts mehr.

Die KITA ist: Stätte der frühen Begegnung in der Erziehung zum Mitmenschen, Indoktrinierungswerkstatt und Kasernenhof, Rettung für die geplagte Mutter. Sie ist Voraussetzung für die berufliche Tätigkeit der Frau, Aufbewahrungsanstalt für die Abkömmlinge der Singles. Sie ist Inbegriff der Freiheit der Frau, zu arbeiten, zum Zahnarzt zu gehen und ungestört vom Geplärre der Kinder, deren Spiele sie nicht kennt, den Haushaltstag zu genießen. Sie macht das Wochenende zur Qual. Wenn doch bloß der Montag käme!

Die KITA legt den Grundstein für den Lebensweg des Werktätigen im Sozialismus. Hier geben die Eltern ihr Produkt ab. Sie ersetzt die Familie und macht ihr Band überflüssig. Sie ist das Eingangstor auf dem Weg in die rechtverstandene sozialistische Gesellschaft.

Und dann kommt das Unerhörte, das mich Staunen macht, das mir den Atem nimmt: Die Projektion der Liebe.

Ich höre im Autoradio einen Vortrag, den die der Stimme nach noch junge Autorin selbst verliest. Was mich hinhören läßt, ist zunächst mehr diese sympathische und ernsthafte Stimme als der Inhalt. Sie klingt so überzeugt, sie trägt ein Anliegen vor. Die Autorin preist das alte System der DDR mit seiner Freiheit, eine Ehe zu schließen und sie wieder aufzugeben, eine Beziehung zu pflegen bis zu dem Punkt, daß die Zuneigung erlahmt und der Mensch offen ist für etwas Neues, Großes.

Sie trägt das Ganze so nachdenklich, so freimütig, so logisch vor, daß man fast nicht anders kann als mit ihr einzustimmen in die Lobpreisung der Befreiung der Liebe aus alten gesellschaftlichen Fesseln. Aber: Kein Wort über die Kinder dieser Liebe.

Ich gebe zu, es hat mich bewegt. Wer so argumentiert, geht davon aus, daß die Kinder dem Staat gehören, ist selbst schon von ihm und nicht mehr von den Eltern erzogen worden.

Immer öfter erkenne ich diese Produkte sozialistischer Familienpolitik. Sie ähneln auffallend den Ergebnissen westdeutscher Kinderläden und ihres Umfelds, der „verlorenen Generation", wie ich sie zu nennen pflege. Verloren sind sie der Gemeinschaft, nicht zu gebrauchen als Lehrer und Bildner derer, die nachfolgen. In sich gekehrt und verloren wandeln sie durch die Zeit, immer auf der Suche nach Zuwendung. Geben können sie keine.

Ein junger Ingenieur hat sich mir angeschlossen. Ich habe den Eindruck, er sucht über geschäftliche Verbindungen hinaus ein wenig Vater-Ersatz. Er interessiert mich, und ich mag ihn. Er ist einer der Vorurteilslosen, der Weltoffenen, derer, die ihre Chance suchen und die mehr als die Masse empfinden was sich mit dem Mauerfall für sie aufgetan hat.

Wir kommen ins Gespräch über Gott und die Welt und auch über Kindererziehung. Er hat Eltern, die er liebt, ehrt und achtet, aber er ist ein KITA-Kind, ganz im Sinne, wie ihn der Staat haben wollte, sich zu eigen, von der Wiege bis in den Beruf. Seine Frau ist von den Eltern erzogen worden. Nun geht es ihm um die beiden Kinder, sechs und neun. Was er meint, weiß er nicht auszudrücken. Aber es wird sehr deutlich: Er sucht den Zugang zu ihnen, einen Zugang in der gleichen Innigkeit wie seine Frau ihn hat, in ihrer Art, die sie für ihn so anziehend machte. Diese Innigkeit ist für ihn ein Wunder, das ihm ewig fremd bleiben wird. Er glaubt, etwas verloren zu haben, das er nie besaß.

1993
Konfirmation

Ich will diese Familie nicht kritisieren, vor allem ihr nicht zu nahe treten. Es wäre undankbar und falsch, wenn ich ihre Motive und Gefühle, mit denen sie sich zur ersten Konfirmation nach der Wende zusammenfindet, zerpflücken wollte. Wie käme ich dazu, ich als Wessi, der beobachten und lernen will.

Die Konfirmation ist für sie eine der vielen Begegnungen mit dem Neuen, das man an die Stelle des Alten, Gewohnten setzen könnte. Aber es muß sich bewähren, denn die Jugendweihe war offenbar nicht so schlecht und erfreut sich weiter großer Beliebtheit.

Diese Konfirmation entwickelt sich wie ein schönes Abenteuer: Begegnung mit der Kirche, die einem über lange Zeit nichts zu sagen wußte, die nun aber etwas verspricht. Begegnung mit einer Kirche, die auch diese Familie in düsterer Zeit entlassen hat, die auf ihrem Marsch in den Sozialismus den Menschen nicht Ausweg, nicht Trost bot. Begegnung aber auch mit einer Kirche, von der man erwartet, daß sie sich wandelt, weil das zur neuen Zeit gehört. So wird diese Konfirmation auch als eine Herausforderung an die

Kirche verstanden. Wenn viele Pfarrer es heute auch noch nicht merken, vielleicht merken sie es morgen.

Vieles ist, wie ich es kenne: Allen ist feierlich zumute, das Gotteshaus ist reich geschmückt, die Konfirmanden sind scheu, ein starker Hauch von Gemeinsamkeit verbindet die Familie in sich und mit den anderen. Gäste sind gekommen, teils von weit her. Es ist ein richtiges Fest.

Bilder werden gemacht. Viele Bilder. Dies Ereignis muß man festhalten. Ein richtiges Happening. Nichts entgeht den Videokameras, sie sind so wichtig wie der Pfarrer. Zum Schluß das Bild des Konfirmanden, allein vorm Altar, mit Eltern, mit Großeltern, mit Eltern und Großeltern, mit Freunden. Der Altar ist wirklich eine zu schöne Kulisse.

Was hat eigentlich der Pfarrer gesagt? Ich kann mich nicht erinnern. Die Konfirmanden können es auch nicht und schon gar nicht die Eltern und auch nicht die Großeltern. Hat er denn etwas gesagt?

Am Abend sehe ich ihn. Er folgt altem Brauch und besucht die Elternhäuser, so viele, wie er nur schaffen kann. Das macht einen guten Eindruck und gibt Gelegenheit zu anregenden Gesprächen. Natürlich über Politik, denn da kennt er sich aus.

Es wird kalt auf der Terrasse.

Ich weiß nicht mehr so recht, ob ich auf einer Konfirmation oder auf einer Jugendweihe bin. Während ich mich verabschiede, spielt das Band flotte Tanzmusik.

1991/1993
Kirche, Friedensbewegung, Kirchenvolk

Wenn man aus dem Westen kommt, glaubt man, die evangelische Kirche sei Trost und Zuflucht der Eingesperrten gewesen, zumindest des Kirchenvolkes hinter der Mauer. jedenfalls ich habe das geglaubt. Die Umzüge in Leipzig, die Montagsgebete mit dem Mut und der Standhaftigkeit, die von ihnen ausgingen, haben den Westen zutiefst beeindruckt.

Ich begebe mich auf die Suche nach dieser Kirche, die so Großes bewirkt haben soll. Ich suche sie, aber je länger ich nach ihr suche, desto mehr wird sie mir zur Fata Morgana. Ich finde sie nicht im Gottesdienst. Die Kirchen sind leer bis auf wenige Alte und ganz wenige Junge. In Wittenberg gehe ich aus dem Gottesdienst mit dem beklemmenden Gefühl, zur DDR-Zeit könne der Pfarrer nicht besser dem Sozialismus gehuldigt haben. Am Schweriner Dom stößt mich ein Hetzplakat gegen die Bundeswehr ab. Bei Berlin erklärt mir ein Superintendent auf einer Abendeinladung zur Frage, warum man ausgerechnet die so sorgsam gepflegten Familiengräber bei der alten

Hauptkirche schleife, während die Gräber der heimziehenden Sowjets erhalten bleiben sollen, die Russen hingen doch so an ihren Toten! Die Deutschen etwa nicht? Daran scheint er nicht gedacht zu haben. Die Russen sind etwas Besonderes. Hätte man mich nicht darauf aufmerksam gemacht, daß dieser Mann der Berufsbezeichnung nach ein Geistlicher ist, ich hätte in ihm keinen Vertreter dieser Profession vermutet. In der Nikolaikirche zu Leipzig, der ich mich mit Ehrfurcht nähere, wird der Bundeskanzler in Wort und Bild verunglimpft. Der Unverstand dieser Menschen regt mich zum Gespräch an. Ihre Abhängigkeit vom „real existierenden Sozialismus" schreckt mich, noch mehr ihre Arroganz.

In meiner Arbeit führt mich der Zufall gleich zu zwei Gruppen der Friedensbewegung. Wir arbeiten sachlich gut zusammen, hegen Respekt füreinander und stehen uns menschlich nahe. Aber verstehen tun wir uns letztlich nicht. In der einen Gruppe eine allesverzeihende, fast süchtige Liebe zum großen sowjetischen Brudervolk, in der anderen Sendungsbewußtsein, vermischt mit Kapitalismushaß, Bigotterie und Totalverweigerung.

Ich frage immer wieder nach der Ausstrahlung der Friedensbewegung als kirchliche Gruppe, nach ihrer Rolle in den Gemeinden. Ich werde nicht verstanden. Sie war sich selbst genug, eine geschlossene Veranstaltung.

Dann habe ich das Kirchenvolk gesucht. Ich habe manches Gespräch geführt und bin immer betroffener geworden. Es sind zu viele, denen die Kirche nichts, aber auch gar nichts bedeutet, denen sie nicht Zuflucht war und auch heute nicht ist, schon gar kein Hort des Glaubens. Langsam, ganz langsam habe ich begriffen, warum Millionen sich von ihr abgewandt haben. Widerstrebend habe ich dabei gelernt, was Kirche im Sozialismus war und warum sie es heute noch ist.

1991/1994
Vergangenheitsbewältigung

Wie ich im Januar 1991 zum ersten Mal am Rande eines Truppenübungsplatzes einer Gruppe sowjetischer Mannschaften begegnete, traf mich der Schlag: Es waren Afghanistan-Kämpfer im braunen Drillich mit einem Schnitt, den ich lange nicht gesehen hatte, mit Knobelbechern, die auch nicht alltäglich sind, und vor allem mit Mützen, die mich so an die SA erinnerten, daß ich Luft holen mußte. Nein, natürlich waren es Sowjets. Aber wie ich weiterfuhr, kam ich nicht los von dieser zufälligen Ähnlichkeit zweier Welten, die sich todfeind waren und so ähnlich.

Im nachhinein bin ich dem Zufall dankbar. Er hat mich nachdenken lassen, und so bin ich aufgeschlossener für die vielen Parallelen zwischen Rot und Braun gewesen, die in immer schnellerer Folge auf mich zukamen.

Bald merkte ich, wie lehrreich jene Zeit für mich gewesen war und wie gut sie mich für dieses neue Erleben präpariert hat, jene Zeit, als ich lernte, mir Informationen zu besorgen, um mehr zu wissen als ich durfte, mit doppelter Zunge zu reden, um Eltern und

Freunde nicht zu gefährden, als ich mir den Sinn des Lebens zum Trost darin zurechtlegte, daß auch der NS nur eine Prüfung sei, die es zu bestehen gelte. Wie aberwitzig, dankbar zu sein für solche Lehren. Aber sie machten es mir leichter, hier und heute die Menschen zu verstehen.

Und dann kam Phase zwei. Rot und Braun vermischten sich. Bei allen Unterschieden tauchten aus diesem Brei aber sehr schnell die klaren Konturen auf und legten sich fast deckungsgleich übereinander. Bald merkte ich, daß ich mich immer öfter mit der NS-Zeit befaßte und, angeregt durch Parallelen – deutlich standen sie vor mir –, zurückschaute und daß ich anfing, die Zeit von damals noch einmal durchzugehen. Wie vieles hatte ich verdrängt und hatte geglaubt, es verarbeitet zu haben. Die Aufarbeitung des realen Sozialismus wurde mir zum doppelten Gewinn.

Nun haben wir 1994. Ich besuche am Prenzlauer Berg einen Diplom-Philosophen. Wir sprechen zwei Stunden miteinander. Es wären kaum zwei Stunden geworden, wenn wir uns menschlich nicht so sympathisch wären. Zu unterschiedlich sehen wir die Welt, die Wende, Deutschland.

Ich würde mich nicht wundern, wenn Stefan Heym hereinschauen würde oder wenn Herr Gysi vorbeikäme. Stilechtes Prenzlauer Berg. Übrigens, eine schöne Wohnung, stelle ich für mich fest. Nach DDR-Standard zu groß für diese Familie. Nun ja, die

Privilegien. Gehabte Privilegien machen sehnsüchtig und verstellen den Weg nach vorne.

Wir kommen zu keiner Einigung. Da ist auch nicht die berühmte Mitte, auf der wir uns treffen könnten. Ich habe nun einmal die Urteile gesehen, mit denen Rias-Hörer nach Bautzen geschickt wurden. Erst 8 oder 12, später nur 4 Jahre. Er will sie nicht wahrhaben. Außerdem, man habe ja die Gesetze gekannt und hätte sich nur nach ihnen zu richten brauchen. Wir sprechen über die Mauerschützen. Mir sträuben sich die Haare, wenn er immer wieder davon spricht, daß der BGS genauso oft auf Grenzgänger geschossen hätte. Warum er sich nicht mehr im Westen umsähe, will ich wissen. Nein, er führe weiterhin mit seiner Familie an die Ostsee. Übrigens habe es sein damals Zehnjähriger anderthalb Jahre nicht fertiggebracht, sich drüben hinter dem Bahndamm umzusehen, nachdem die Mauer geöffnet wurde, obwohl es doch nur hundert Meter nach West-Berlin wären. Armer Junge.

Wie ich nach Hause fahre, denke ich, wie schwer mein Prenzlauer Philosoph es doch hat. Das Unrecht, in dem er aufwuchs, nahm allmählich etwas ab. Zu meiner Zeit, vor '45, nahm es zu. Auch war das Unrecht zu meiner Zeit noch um einiges größer. Je größer es ist, desto schwerer lebt es sich mit ihm, desto leichter fällt aber der Neubeginn. Das liegt ja wohl auf der Hand. Als '45 die Wende kam, hatte man es so gesehen also etwas leichter.

So gesehen.

Weiterhin erschienen im pkp Verlag

www.pkp-verlag.de

Erzählungen

Geschichten aus dem Leseturm III
Das Wendebuch: Erlebte Revolution 1989/90,
Massenflucht, Reisefreiheit, D-Mark,
Wiedervereinigung
*Autorinnen und Autoren des Leseturm
Literaturkreises Merseburg*

Aus der Heimat in die Ferne
Zweiter Weltkrieg, Flucht und Vertreibung 1945
Ingeborg Schmelz

Weihnachtsgeschichten aus dem Leseturm
Festtagsfreuden rund um Gänsebraten, Westpakete
und die Liebe unterm Weihnachtsbaum
*Autorinnen und Autoren des Leseturm
Literaturkreises Merseburg*

Alltägliche Sensationen
Geschichten und Reportagen
Tilo B.

Geschichten aus dem Leseturm II
Merseburg zwischen Russenkaserne, Strandkorb und TH
Autorinnen und Autoren des Leseturm Literaturkreises Merseburg

Neue Geschichten über Herbert, Hubert und andere Zeitgenossen
Regina Oversberg

Kinderbücher

Der Spatzenjunge Flori
Ingeborg Schmelz

Die kleine Brockenhexe Walpurgis
Johanna Adler

Fantasy

Die Geheimnisse von Surania
Selenia Night

Jared – Vampir meiner Träume
Selenia Night

Orgonomie

OrgonEnergieSysteme I
Wolkenzerstäuben, Cloudbuster und Regenmachen:
Zur Orgonomie der Atmosphärenbeeinflussung
Pierre Kynast

Philosophie

Trialektik
Entwurf eines metaphysischen Schemas zur
Beschreibung und Beherrschung der Wirklichkeit
Pierre Kynast

Friedrich Nietzsches Übermensch
Eine philosophische Einlassung
Pierre Kynast

pkp Verlag

pkp Verlag – Postfach 1602 – 06206 Merseburg
Deutschland
www.pkp-verlag.de

www.ingramcontent.com/pod-product-compliance
Lightning Source LLC
Chambersburg PA
CBHW030338020726
47493CB00004B/1325